KB197056

차례

일러두기

이 책은 조사부 님에게 기술 자문을 받았습니다.

숨어서 갈팡질팡

"윤리온!"

엄마가 성까지 붙여서 나를 불렀다. 심상치 않은 징조였다. 나는 문을 빼꼼히 열었다. 팔짱을 낀 엄마가 소파에 앉아 있었다.

"리온이는 나쁜 딸이야. 그렇지?"

나는 일단 엄마 옆에 앉아서 팔짱을 끼고 애교를 떨었다.

보통 이러면 엄마는 "내가 딸을 키운 게 아니라 능구렁이를 키웠나 봐, 어휴!"라고 말했다. 그런데 오늘따라 엄마는 굳은 얼굴을 좀처럼 펴지 않았다. 내가 더 앙탈을 부려도 엄마의 표정은 딱딱한 그대로였다. 심지어 엄마 팔을 잡은 내 손을 떼어 내기까지 했다. 아무래도 단단히 화가 난 모양이었다.

"엄마가 이러면 너무 불편하잖아. 왜 그러는데? 응?"

엄마는 내 애교에 반응하지 않았다. 그리고 대답 대신 소파

옆 서랍에서 무언가를 꺼내 테이블 위에 올려놨다. 약 봉투 뭉텅이였다. 나는 미간을 찌푸렸다. 알약을 변기에 쏟아 버리지 않은 걸 후회했다. 하나하나 포장을 뜯어 버리는 게 귀찮아서 휴지통에 버렸는데, 그게 사달이 난 모양이었다.

"난 또 내가 큰 사고라도 친 줄 알았네. 그만 먹어도 될 거 같아서 버렸어."

엄마가 홱 고개를 돌려 나를 쏘아봤다. 엄마의 입술이 부르르 떨렸다.

"괜찮아져서 버린 거야."

거짓말이었다. 약을 먹을 때마다 나약해지는 기분이 들어서 휴지통에 쑤셔 넣은 거였다.

"네가 의사야? 그러다 문제 생기면 어쩌려고."

"내 몸이잖아. 약 안 먹어도 돼."

"윤리온!"

엄마가 버럭 소리를 질렀다. 나는 꿈쩍도 하지 않았다. 평소의 나라면 어떻게든 엄마의 화를 풀려고 했을 테지만 오늘은 그러고 싶지 않았다. 나도 얼굴을 굳히며 말했다.

"내가 어떤 심정으로 정신과 약을 먹는지 생각해 봤어? 꼭 피해자 흉내 내는 거 같아."

"흉내라니! 넌 피해자야."

"그 피해자 그만하고 싶어."

"그만하면 되잖아. 약 먹어야 그만할 수 있는 거야."

엄마의 대답이 너무 쉬웠다. 울컥했다. 나는 목멘 소리로 말했다.

"약 먹을 때마다 기분이 더러워. 패배자가 된 것 같아."

힘이 잔뜩 들어갔던 엄마의 미간이 풀어졌다. 언뜻 한숨 소리도 들린 듯했다.

"너는 엄마 생각은 안 해? 네가 어딘가에서 숨도 못 쉬고 널브러져 있는 건 아닌지 매일 마음 졸이는 엄마는 보이지 않는 거냐고!"

"엄마 말대로 난 피해자인데 엄마 감정까지 헤아려야 해? 엄마, 정말 내 엄마 맞아?"

나도 모르게 나온 말에 엄마 얼굴에서 핏기가 사라졌다. 친엄마가 아닌 엄마에게 해서는 안 되는 말이었지만, 내 마음 깊은 곳에서 엄마를 찌르고 싶었던 모양이었다.

"엄마한테 못된 말 하니까 좋아? 기분이 풀리니?"

"몰라."

더는 말하기 싫었다. 획 몸을 돌려 방으로 들어가 옷걸이에 걸린 패딩 점퍼를 입었다. 책상 위에 있던 헤드폰도 목에 걸었다.

"어디 가?"

내 방을 나와 현관에서 신발을 신는 나를 보며 엄마가 물었다.

"바람 쐬고 올게."

"저녁 시간 다 됐어. 금방 어두워질 거야."

엄마의 말을 뒤로하고 현관문을 열었다. 차가운 공기가 뺨에 닿았다.

"어두워졌는데 어딜 가니? 날이 꽤 춥다."

"잠깐 다녀올 데가 있어요."

늘 그랬듯 아파트 관리 아저씨가 말을 걸어 왔다. 솔직히 아저씨가 나를 알아보는 것도 불편했다. 아마 아파트에서 투신한 전적 때문이겠지만, 그 역시 마음에 들지 않았다. 내가 누군가의 걱정거리라는 걸 확인하는 기분은 그다지 유쾌하지 않았다.

"조심해서 다녀와라."

아저씨에게 가볍게 고개를 숙여 인사하고는 얼른 아파트 단지를 빠져나왔다. 무작정 걸었다. 딱히 갈 곳은 없었다. 핸드폰을 꺼내 주소록을 훑다가 말았다. 내가 한심했다. 핸드폰을 쥔 손을 점퍼 주머니에 넣고 걸었다. 바람이 쌩하게 불었다. 코가 시렸다. 한기 탓인지 눈물이 맺혔다. 얼마 걷지 않았는데 그새 세상이 컴컴해졌다. 가로등과 네온사인은 더 밝게 느껴졌다. 상가 조명은 더 환해졌고 도로를 달리는 차량 불빛 역시 거리를 밝혔다. 한참 걷던 나는 잠시 걸음을 멈추고 고개를 들어 빌딩 하나를 봤다. 정신건강의학과라고 적힌 간판이 보였다.

"병원은 집에서 가까운 데로 다니라더라."

엄마가 인터넷 카페에서 얻은 조언이라며 나를 이 병원으로 데려왔다. 알고 보니 우리 동네에는 정신과가 꽤 많았다. 내가 병원에 다니기 전까지는 인지하지 못했던 일이었다. 세상에 마음이 아픈 사람이 많다는 게 이상하게 위로가 됐다. 나도 평범한 사람 중 한 명이라는 말이니까. 그러나 내 상태를 받아들이는 건 또 다른 일이었다.

"공황장애입니다. 약 꾸준히 먹다 보면 나아질 거예요."

처음에는 부정하고 싶었다. 연예인들이 공황장애를 겪고 있다고 고백할 때면 그 사람을 나약한 사람으로 봤던 터라 반발심도 생겼다. 나는 공황장애를 두고 '열심히 사는 사람이라면 앓을 수 없는 병'이라던 누군가의 말에 무언의 동조를 보내기도 했다. 극복하려면 얼마든지 할 수 있는데도 현실을 외면하는 거라고 여겼고, 자기변명이라는 비난에 맞장구 쳤다.

그러나 그렇게 따지자면 나는 지금 현실 도피 중인 셈이었다. 영원히 이 상태로 살아갈 수도 있다는 불안감이 날 잠식했다. 불안감을 떨쳐 내고 싶었다. 더는 내 눈앞의 현실을 피하고 싶지 않았다. 그러나 생각은 생각일 뿐이었다. 공황장애는 내 생각대로 움직여 주는 병이 아니었다. 약을 먹지 않은 건 내 나름의 발버둥이었다. 그러나 엄마가 볼 때는 내가 치료를 포기하는 걸로 보였을지도 몰랐다. 휴. 한숨이 저절로 나왔다. 하얀 입김이 눈앞에 나타났다가 사라졌다.

그때 삑 소리가 났다. 금속성의 날카로움이 신경을 건드렸다.

나도 모르게 고개를 돌렸다. 오른쪽 광장에서 나는 소리였다. 음향 장치 음량을 조정하다가 난 소리인 듯했다. 나는 그곳으로 몸을 돌렸다. 광장 가까이 다가가자 사람들 사이로 기타를 멘 사람이 보였다. 길거리 공연을 준비하는 모양이었다. 나는 주변을 둘러봤다. 아직 사람들이 그리 많지는 않았다. 이 정도면 공연을 볼 수 있을 것 같았다. 나는 목에 걸린 헤드폰을 만지작거리다가 크게 숨을 들이마시고 앞으로 천천히 걸어갔다.

내가 자리를 잡고 멈추자, 때마침 가수가 기타 줄을 튕겼다. 어둑해진 시간이었지만 주변 상가 네온사인과 가로등 조명만으로도 가수 얼굴을 충분히 알아볼 수 있었다. 가수는 목도리를 단단히 여민 채, 추위에 아랑곳하지 않고 노래를 불렀다. 차가운 바람 속에서도 훈풍을 느끼게 하는 목소리였다. 기타 하나에 기대 부르는 노래는 거친 듯 생생했다. 넓은 들에 홀로 서서 슬픔을 절제하고 부르는 듯한 노래가 청아한 에너지를 뿜어냈다. 사람들의 귀를 단박에 사로잡을 정도였다. 나도 어느새 주변을 의식하지 않고 노래에 집중했다.

*

나는 노래에 빠졌다. 모처럼 가슴에 불이 붙었다. 모두 옛날 노래였지만 자신만의 개성을 듬뿍 담아 편곡한 매력적인 노래였다. 오디션 프로그램 〈K-아이돌스타〉에 참여했던 기억이 아지랑이처럼 피어올랐다.

세 번째 곡이 끝나갈 무렵, 갑자기 "와!"하고 함성이 터져 나왔다. 이유를 금방 알 수 있었다. 길거리 공연을 하던 가수 옆으로 유명한 가수가 올라왔기 때문이었다. 팬덤이 엄청난 가수였다. 창을 하는 듯한 보컬로도 유명했다.

"놀라셨나요? 아니면 반가운가요?"

유명 가수가 마이크에 대고 말하자, 사람들이 제각각 소리 높여 호응했다. 어수선한 상황인데도 질서는 지켜졌다. 나는 신이 났지만 동시에 불안감도 밀려왔다. 몸이 점점 앞으로 밀렸다. 사람들이 점점 몰려들고 있다는 뜻이었다. 설레서 두근거리던 심장이 불쾌할 만큼 요동쳤다. 옆으로 흘깃 시선을 돌렸다. 사람들 사이사이가 꽉 메워졌다. 손에 땀이 났다. 조금씩 구역감이 식도를 타고 올라왔다. 위험 신호였다.

나는 크게 숨을 들이마시면서 움직였다. 어차피 시간이 지나면 아무렇지 않은 일이 될 터였다. 공황이 생겨 죽을 것 같았어도 막상 구급차를 불러 응급실에 가면 말짱해지곤 했으니까. 마음을 가다듬으려 애썼다. 난 갇힌 게 아니야. 얼마든지 여기서 빠져나갈 수 있어. 중얼거리며 뒤돌아섰다. 정신이 아득해졌다. 다리에 힘도 점점 빠졌다. 주저앉을까 봐 무서웠다. 잠깐 멈춰서서 눈을 감고 헤드폰을 껐다. 그리고 숨을 다시 한번 크게 내쉬며 눈을 떴다. 후들거리는 다리를 온 힘을 다해 겨우 내디뎠다. 팔을 앞으로 뻗어 내저었다. 다행히 사람들이 내 손을 보고는 옆으로 비켰다. 길이 났다. 점점 도로가 보이기 시작했다.

*

공황이 처음 찾아온 날은 병원에서 퇴원하고 한 달 후였다. 막 여름 방학이 시작되던 즈음이기도 했다. 운이 좋게도 지하철을 타는 순간, 딱 하나 남은 자리가 눈에 들어왔다. 얼른 빈자리에 앉아 웹툰을 봤다. 그러다가 무심결에 옆에 앉은 남자의 핸드폰을 흘깃 봤다. 뭔가 낯익었다. 곁눈질로 계속 살폈다. 〈K-아이돌스타〉 영상이 재생되고 있었다. 그 안에 내가 있었다. 노랫소리는 들리지 않았고 화면 속 얼굴도 보이지 않았지만, 분명 나였다.

그때부터 심장이 빠르게 뛰었다. 영상 속 인물이 자기 옆에 있다는 걸 옆자리 남자는 모르고 있었다. 그걸 아는데도 내 심장 소리가 귀에 들릴 만큼 쿵쿵댔다. 덜덜 떨리는 손으로 이어폰을 꺼내 귀에 꽂고 밝은 음악을 틀었다. 햇볕을 쐬면 추위가 가시듯 밝은 음악을 들으면 심장이 가라앉을 거라고 믿었다. 신나는 멜로디가 흘러나왔고, 곧이어 내 몸 구석구석으로 전달됐다. 볼륨을 더 올렸다. 찢어질 듯한 소리가 머리로 올라가 뒤통수를 한 번 치자 맥박이 더욱 널뛰었다. 쓰러질지 모른다는 공포가 엄습했다. 속이 메슥거렸고 점심으로 먹었던 음식을 쏟아 낼 것만 같았다. 나는 손으로 입을 막았다. 땀이 미친 듯이 흘렀다. 지하철이 멈추자마자 얼른 밖으로 뛰쳐나와 화장실을 찾아 들어가 변기에 얼굴을 처박고 구역질했다. 그러나 아무것도 나오지 않았다. 힘만 빠졌다.

그날 일을 떠올리며 걷다 보니 어느덧 집이었다. 모자를 벗고 현관 비밀번호를 눌렀다. 잠금이 해제되는 소리가 요란하게 울렸다. 엄마는 거실에 없었다. 일단 나는 방으로 들어가 웃옷을 벗고 침대 위에 누웠다. 긴장이 풀렸는지 배에서 꼬르륵 소리가 났다.

부엌으로 나가 조용히 냉장고 문을 열어 밥상을 차리고 식탁 의자에 앉았다. 너튜브 앱을 열어 영상 하나를 클릭했다. 그러나 영상이 눈에 들어올 리 없었다. 엄마에게 피해자 그만하고 싶다고, 약 없어도 된다고, 다 괜찮아졌다고 큰소리친 게 겨우 몇 시간 전이었다. 내 허세를 확인한 기분이 들어 씁쓸했다. 핸드폰 화면 상단에 알림이 뜬 건 그때였다. 1시간 후에 진서노가 유피토 라이브 방송을 시작한다는 메시지였다. 나는 얼른 밥을 마저 먹고 일어났다. 의자가 밀리는 소리가 났다. 고개를 돌려 엄마 방과 작업실을 번갈아 봤다. 역시 아무런 기척도 들리지 않았다.

*

침대 헤드에 기대어 헤드폰을 쓰고 핸드폰을 들어 유피토 앱을 켰다. 입꼬리가 올라갔다. 유피토는 요즘 인기 있는 메타버스

플랫폼이다. 그리고 진서노는 유피토에서 내가 제일 좋아하는, 최애 크리에이터였다.

유피토에 입장하자마자 진서노 월드로 이동했다. 진서노 월드는 진서노가 직접 만든 맵이었다. 숲에는 푸른 나무가 울창했고 공터에는 잔디가 깔려 있었다. 주변을 따라 예쁜 꽃들이 한들거렸다. 둥근 공터 한쪽에는 작은 개울도 흘렀다. 난 얼른 자리에 앉았다.

"잘 지내셨죠?"

짧은 하얀색 머리에 검은 뿔테 안경을 쓴 아바타가 나타나 말했다. 진서노였다. 늘 느끼는 거지만 진서노는 아바타마저 아티스트 같았다. 헐렁한 면바지에 단추를 여미지 않은 남방을 입은 모습에서 자유로움이 묻어났다. 진서노가 잔디 한가운데에 놓인 그랜드 피아노 앞에 앉았다.

"그러면 시작할게요."

진서노가 피아노 연주를 시작했다. 진서노 월드에 드나드는 아바타라면 모를 수 없는 곡이었다. 진서노가 만든 음악이기 때문이다. 나는 가만히 연주를 들으며 아바타의 움직임을 지켜봤다.

손이 축축해졌다. 나도 모르게 긴장한 모양이었다. 오늘은 가사 공모전 후보작이 정해지는 날이었다. 진서노는 종종 자기가 작곡한 곡을 들려주고, 팬들을 대상으로 그 곡의 가사 공모전을 열었다. 그리고 자기가 후보를 몇 개 골라 유피토 라이브 방송에서 여러 버전으로 노래를 불렀다. 진서노는 자기가 부른 여러 가사를 투표에 부쳤다. 이 투표에서 팬들이 가장 많이 선택한 가사는 진서노의 앨범에 수록됐다.

당당당! 피아노 건반을 세게 두드리는 소리가 들렸다. 아바타들의 호응이 대단했다. 콘서트장에 온 느낌이었다. 나도 엄마와 다퉜다는 사실을 잊고 함께 즐겼다. 실시간 채팅에도 불이 났다. 채팅을 치려고 자판을 누르려던 때였다. 모리가 보낸 톡 알림이 핸드폰 상단에 떴다. 잠시 유피토를 내리고 메시지를 확인했다.

> 모레 요양원 봉사 가는 거 잊지 않았지?
> 봉사활동 점수 채우려면 꼭 가야 해.

> 그날 보자.

나는 다시 유피토로 돌아왔다. 진서노의 감미로운 노래가 귀를 감쌌다. 불안한 마음도, 불편했던 감정도 사그라들었다. 어느새 나는 무릎 위에서 손가락을 까닥거리며 박자를 맞췄다. 노래는 절정으로 치닫더니 꽝 하는 피아노의 울림으로 여운을 남기지 않고 끝을 맺었다.

"단호한 이별을 표현하려고 곡의 마지막을 절벽에서 떨어지

숨어서 갈팡질팡

는 느낌으로 처리했어요. 어때요? 의도가 느껴지나요?"

공감한다는 채팅이 계속 올라왔다. 나도 그랬다. 설명을 듣기 전에 이미 그렇게 느껴지도록 한다는 건 놀라운 재능이었다.

"그러면 오늘 라이브 방송의 메인 콘텐츠를 진행할까 해요. 이번에도 많은 분이 좋은 가사를 보내 주셔서 고르기가 정말 어려웠답니다. 하지만 노래 하나에 여러 가사를 붙일 수 없잖아요. 고심하고 고심하면서 겨우 몇 개를 골랐어요."

진서노가 피아노 건반을 두드렸다. 선율이 흘러나왔다. 진서노가 첫 번째 선택한 가사라면서 반주를 시작했다. 축축했던 손이 미끈거렸다. 긴장이 좀 더 커졌다. 그러나 공황이 찾아올 때 생기는 긴장과는 달랐다. 기대가 섞여서 그런 것 같았다. 내가 보낸 가사가 뽑혔을까, 그럴 리 없다고 고개를 흔들었지만, 기대감이 사그라들지는 않았다.

– 82따: 오늘은 누구 가사가 뽑혔으려나?

– 미친머리카락: 누군지 빨리 공개 좀

나도 채팅을 쳤다. 그러자 화면에 "오리: 떨려"가 보였다. 볼에 바람을 빵빵하게 채운 채 화면을 가만히 쳐다봤다. 누군가 오리 님도 작사 공모에 지원했냐고 물어볼까 봐 두근거렸기 때문이었다. 다행히 채팅창 글이 너무 빨리 올라간 덕에 내 채팅은

찰나에 사라졌다.

드디어 가사가 흘러나왔다. 곡과 어울리는 노랫말이었다. '황홀하다', '영광이다'라는 채팅이 올라왔다. 지금 진서노가 부른 가사를 쓴 아바타인 모양이었다. 축하하면서도 배가 아팠다. 그러고 보면 오디션 프로그램에 나갔을 때도 이런 감정을 느낀 적이 있었다. 그때 나는 스포트라이트를 받을 수 있는 사람은 수많은 참가자 중 몇 명뿐이라는 걸 깨달았다. 서바이벌이라서 압박도 심했다. 매회 누군가를 이겨야 하는 감정이 꽤 괴로웠다. 탈락하는 친구들과 이별할 때도 마음이 쓰라렸다. 어떤 때는 펑펑 울었다. 그러나 상위권에 들어야만 했다. 그래야만 다음 라운드에 설 수 있으니까. 칼날 위에 서 있는 기분이었다.

그런데 내 안에 악마라도 있는 걸까. 살아남은 나는 몰래 웃었다. 전율에 감전된 듯했다. 같은 무대에서 노래를 부르던 친구들이 돌아서는 뒷모습을 보면서 안타까웠지만, 무대를 떠나는 사람이 내가 아니라는 사실에 안도했다. 침대에 누워 혼자 비죽 웃기도 했다. 그다음 라운드 무대를 준비할 때부터는 앞서 떨어진 친구는 깡그리 잊어버렸다. 아리던 마음은 사라지고 비워진 감정 그릇에 승리감과 도취감이 채워졌다.

"어때요? 좋죠? 다음 가사도 곡에 딱 맞춤이에요."

진서노가 쉬지 않고 똑같은 곡을 연주했다. 그 위에 다른 가사를 붙였다. 나는 귀를 기울였다. 그 순간 환청이 들렸다.

어둠 속에서도 믿었어, 해가 또 떠오를 거라고

그러나 어둠은 깊어져, 날 깊은 나락으로 끌고 가

여기 있다고 외쳐 봐도, 그대 귀엔 닿지 않고

어둠에 싸인 내 모습, 그대는 알아보지 못해

어떻게 해야 할까, 어떻게 울어야 할까

어둠 속에 갇힌 나, 사라져 가고 있어

어둠 속에서 소리가 나, 널 기다렸다 믿었어

하지만 넌 웃기만 해, 배신한 친구들과

내가 여기 있다고, 소리쳐 봐도 들리지 않아

너의 눈엔 보이지 않아, 어둠이 날 감추어 버려

어떻게 해야 할까, 어떻게 울어야 할까

어둠 속에 갇힌 나, 사라져 가고 있어

날 찾아 줘. 날 찾아 줘. 나는 여깄어

　진서노가 마지막 음의 여운을 길게 가져갔다. 피아노 소리
가 끝날 듯 끝나지 않으면서 점점 작아졌다. 가사의 주인공이 사
라지며 어둠에 묻히는 느낌이었다. 내가 쓴 가사가 뽑혔으면 좋
겠다는 열망이 환청을 만들어 내고 있음이 틀림없었다. 바보같
이…. 창문을 열었다. 겨울바람이 훅 밀려들어 왔다. 정신이 번쩍

났다. 무선 헤드폰을 통해 진서노의 목소리가 들렸다.

"느낌이 사뭇 다르죠? 이 가사도 곡과 잘 어울리는 것 같아요. 이 가사로 노래를 부르니까 어둠에 갇힌 절망이 확 마음에 다가오더라고요. 여러분은 어떠셨어요?"

환청이 아니었다. 내가 응모한 가사였다. 침대에서 핸드폰을 집어 들었다. 채팅창이 빠르게 움직였다.

- 미루: 후주에서 나 울 뻔했잖아

- 뽀샤시: 가사가 미쳤네

- 멍집사: 후렴 가사 먹먹하다 ㄹㅇ

- 젤리뿅: 이거 음반으로 나오면 살 거야

방금 그 가사 내가 쓴 거예요! 소리를 지르고 싶었다. 내게서 멀어졌다고 여겼던 노래가 다시 성큼 다가온 기분이 들었다. 물론 진서노의 노래는 끝나지 않았다. 다른 가사로 노래를 또 불렀다. 그러나 더는 귀에 들리지 않았다. 약을 먹지 않고도 공황을 이겨 낼 수 있다는 자신감이 다시 샘솟았다.

"자, 이제 투표를 시작할게요. 어떤 가사가 뽑힐지 기대되네요. 투표 기간은 단 3일인 거 아시죠? 꼭, 꼭 투표해 주세요."

노래를 모두 마친 진서노가 말했다. 나는 가슴이 벅차 어지러웠지만 떨리는 손으로 화면을 내려 투표하는 곳으로 갔다. 내가 작사한 곡에 투표하고 다시 진서노 월드에 입장했다. 진서노는 채팅창을 보면서 이런저런 이야기를 하다가 내 혼을 쏙 빼 놓을 만한 소식을 전했다.

"이번 곡까지 합치면 여러분의 가사를 붙인 노래가 12곡이 돼요. 그래서 말인데요, 자기가 가사를 쓴 노래를 직접 불러 보는 시간을 가져 보려고요. 12명의 작사가가 직접 스튜디오에 나와 제 반주에 맞춰 노래를 부르는 거죠. 어때요? 재미있겠죠?"

이번에는 설렘으로, 심장이 뛰었다.

*

아침부터 서둘렀다. 친구들과 요양원에 봉사하러 가기 전에 둘이서 할 말이 있다는 모리의 톡 때문이었다. 약속 장소인 패스트푸드점에 도착하자마자 2층으로 올라갔다. 모리가 이미 와 있었다. 나는 맞은편에 앉으며 물었다.

"할 말이 뭐야?"

"우선 주문부터 하자. 내가 살 테니 메뉴 골라 봐."

내가 메뉴를 선택하자 모리는 주문하러 내려갔다. 그사이 나는 유피토에 접속해 진서노 피드에 올라온 투표 상황을 확인했다. 두 후보가 동률을 이루고 있었다. 조마조마했다. 그중 하나가 내 가사였기 때문이다. 설마 하면서도 기대를 떨쳐 내지 못했다.

"먹자."

햄버거 세트가 놓인 쟁반을 내 앞으로 내밀며 모리가 말했다. 나는 핸드폰을 뒤집어 놓고 햄버거를 들었다. 모리는 포장을 뜯어 베어 물고는 우물거렸다. 나도 햄버거를 입에 넣으며 모리의 말을 기다렸다.

"네 딥페이크 사진과 영상은 이제 없는 거 같아서 모니터링 그만하려고."

이 얘기일 거라 예상했다. 그런데 막상 얘길 들으니 보호막 하나가 사라지는 기분이었다.

"그만할 때도 됐지. 그 정도면 됐어. 디지털 장의사 업체에서도 주기적으로 모니터링하고 있으니까 굳이 너까지 고생할 필요는 없을 거야. 엄마가 정기적으로 받아 보는 보고서에도 더는 나오지 않는 것 같고. 내가 봐도 문제는 더 생기지 않을 거 같아."

모리는 한때 중고등학생을 대상으로 '흔적지우개'라는 사이트를 운영했던 디지털 장의사였다. 디지털 성범죄 피해를 당한 중고등학생들이 찾아오면 적은 비용으로 1–2회 정도 웹에 퍼진 영상과 사진을 지워 줬다. 나도 모리 고객이 되려고 부탁했었다. 당시 모리는 형사에게 경고받고 디지털 장의사를 그만두려던 참이어서 내 부탁을 거절했다. 지푸라기라도 잡아야 했던 그때 나는 모리에게 매달렸다. 처음에 모리는 꿈쩍하지 않았지만, 결국 나를 도와줬다.

"그렇게 말해 줘서 고마워."

모리의 말에 멈칫했다. 나를 넘치도록 도와준 친구였다. 모리는 내가 베란다에서 떨어져 의식불명일 때도 영상 유포범을 끈질기게 찾아 줬고, 기적적으로 눈을 뜬 나를 보면서 눈물을 펑펑 쏟았다. 오히려 고맙다는 인사는 내가 해야 했다. 그런데 그 말이 나오지 않았다. 하기가 싫었다. 말 대신 컵을 당겨서 콜라를 크게 한 모금 쭉 빨았다. 컵에 있던 콜라가 단숨에 반 이상 사라졌다.

"노래. 다시 불러도 될까?"

감자튀김을 집어 들던 모리의 손이 멈췄다. 모리가 내 눈을 응시했다. 나도 피하지 않고 모리의 눈을 봤다. 모리는 손에 쥔 감자튀김을 내려놓더니, 음료수 컵을 잡았다. 그리고 단숨에 음료수를 마시는 것으로도 모자라서 얼음을 씹었다. 아작 소리가 들렸다.

"결정된 건 아니야."

나는 진서노의 유피토 라이브 방송과 가사 공모전 이야기를 했다. 아직 투표 중이며 어쩌면 기회가 오지 않을 수 있다는 것도 얘기했다.

"네 가사가 1등이 된다면 노래를 부를 수 있겠어? 아바타 뒤에서 노래를 부르는 일이라지만 쉽지 않을 수 있어. 기억이 삭제 버튼 하나 누른다고 지워지는 건 아니잖아."

"욕심이라는 거 알아."

부풀어 올랐던 마음이 모리의 말에 바람 빠진 풍선처럼 쪼그라들었다. 나도 콜라 컵에 있던 얼음을 아작 씹었다.

"그런데 리온아."

"좀 기다리지."

모리가 뭐라고 말하려던 순간에 익숙한 목소리가 들렸다. 나는 계단을 향해 고개를 돌렸다. 베레모를 쓴 해리가 올라오고 있었다. 긴 패딩 점퍼를 여미지 않아서 체크무늬 짧은 치마에 니트를 입은 모습이 보였다. 잔뜩 멋을 부린 해리가 예뻤다. 무릎이 나온 트레이닝복을 입고 머리를 질끈 묶은 내 모습과 비교가 됐다.

"모리 안녕!"

해리는 눈웃음 지으며 인사하더니 당연하다는 듯 모리 옆에 앉았다. 나는 픽 웃었다. 모리에게 꾸준히 마음을 표현하는 해리가 귀여웠다. 해리의 고백을 받은 모리가 친구로 지내자는 말로 거절했다고 들었다. 나 같으면 창피하고 속상했을 텐데 해리는 상관하지 않았다. 오히려 더 꿋꿋하게 좋아하는 티를 냈다.

"나도 있다."

수석이었다. 수석이의 진짜 이름은 최수성이다. 자기 말로는 "내가 이래 봬도 전교 1등 수석이야"라고 허세를 떨지만 정말 성적이 좋아서 수석이라는 별명이 붙은 건 아니었다. 수성이는 소문을 듣고 전하는 데 1등이었다. 한마디로 정보통 수석인 셈이었다. 이러나저러나 우리도 수성이를 수석이라 불렀다.

"그나저나 오해리. 너는 어디 놀러 가냐?"

"이왕이면 예쁘게 하고 손님을 맞이하면 좋잖아."

"힘든 일은 안 하고 날로 드시겠다?"

"손님 안내하는 게 쉬운 줄 아니?"

해리는 오늘 요양원에서 경로잔치가 있어서 예쁘게 꾸민 모양이었다. 수석이는 그걸 그냥 넘어가지 않고 구박했다. 원래 두 사람은 앙숙처럼 투덕거리기 일쑤여서 그러려니 했다.

"현준이 오면 주문할 거야?"

"나 배고파. 먼저 주문하자."

모리가 묻자, 해리가 대답하며 자리에서 일어나 계단을 내려갔다. 수석이도 따라 내려갔다. 두 사람은 금세 쟁반에 햄버거와 음료수를 들고 나타났다. 이번에는 현준이도 함께였다.

"잘 지냈어?"

"거긴 내 자리야."

"그래. 알았다. 알았어."

현준이가 인사하면서 모리 옆에 앉으려고 하자 해리가 재빨리 자기 자리를 지켰다. 현준이는 어이없다는 표정을 지어 보이고는 빈 의자를 끌고 와서 앉았다. 세 사람은 배가 고팠는지 햄버거를 순식간에 해치웠다. 10분도 채 지나지 않아 쟁반에 포장지만 어지럽게 놓여 있었다. 현준이가 다 마신 음료수 컵을 테이블 위에 올려놓으며 말했다.

"너희도 알다시피 오늘 경로잔치를 할 거야. 시의원이랑 국

회의원도 올 거라서 요양원 담당자가 더 신경 써 달라고 재차 부탁했어."

"평범한 경로잔치가 아니었구나. 어쩐지. 지난번에 화장실 청소를 그렇게 시키더니만…."

"심하게 했지. 아예 화장실을 목욕시켜 줬으니. 보디워시로 거품 목욕한 화장실은 기분이 어땠을까?"

수석이가 과장된 말투로 해리의 말을 받아 요란을 떨었다. 다들 웃음을 터트렸다. 나도 슬그머니 웃었다. 화장실 목욕을 시켜 준 장본인 중 한 사람이 나였기 때문이다. 청소하려고 세제를 부었는데, 세제치고는 향이 부드러웠고 고급스러웠다. 나는 청소하다 말고 남자 화장실 입구에 서서 수석이에게 물었다.

"이거 세제 맞아?"

"세제 용기에 향수를 담지는 않겠지."

수석이는 퉁명스럽게 대답하더니 보란 듯 세제를 바닥에 비우고는 거품을 내며 박박 밀었다. 그때 언제 나타났는지 요양원 담당자가 뜨악한 표정으로 우리를 봤다. 손에는 진짜 세제가 들려 있었다. 당황스럽긴 우리도 마찬가지였다. 담당자의 말로는 여기 요양원에서는 락스 대신 효소로 청소한다고 했다. 그래서 청소하시는 분들이 효소로 만든 세제를 다 쓰고 나면 보디워시 리필 제품을 효소를 담았던 용기에 채워서 샤워할 때 사용한다고 설명했다.

"화장실이야 기분이 좋겠지. 골고루 깨끗하게 씻겨 줬으니까."

수석이는 측은한 눈빛으로 테이블 위에 올려놓은 자기 손을 봤다. 그리고 왼손을 들어 오른쪽 팔목을 쓰다듬으며 말했다.

"오른팔아, 힘들었지? 주인 잘못 만나 고생이다."

그도 그럴 것이 보디워시로 닦은 바닥은 다른 세제로 청소한 것보다 더 미끄러웠다. 할아버지들이 넘어지면 큰일이니 힘을 주어 여러 번 닦아야만 했다.

"다 먹었으면 가자. 시간도 얼추 된 거 같으니까."

현준이가 수석이의 너스레를 더는 듣기 싫은 듯 미간을 찌푸리며 말했다. 나는 바로 일어나기 싫었다. 이상하게 패스트푸드점에 있으면 평범한 또래 아이가 된 거 같아 마음이 편했다. 친구들과 쓸데없는 대화를 나누는 것도 좋았다. 아무 일도 없었던 예전으로 돌아간 기분이 들었다. 그런데 다른 아이들 마음도 비슷한 모양이었다. 모두 의자에서 일어날 생각을 하지 않는 듯 그대로 앉아 있었다.

"약속 시간까지 여유가 있으니까 30분 정도 더 있다가 나가자. 햄버거 먹자마자 일어서려니까 힘들어서 그래. 어차피 일찍 도착해도 담당자 올 때까지 기다려야 하잖아."

"그러니까 내숭 좀 떨면서 먹지 그랬어. 우사인 볼트랑 시합해도 되겠더라. 그 사람은 뛰고 너는 먹는 걸로."

수석이가 해리를 놀렸다.

"해리 그만 놀려. 복스럽고 좋지 뭐. 그래도 체할 수 있으니까 좀 천천히 먹어야 할 것 같아."

예상치 못한 모리의 말에 다들 놀랐다.

"나 체할까 봐 걱정하는 거야?"

한 옥타브는 올라간 목소리로 해리가 물었다. 모리는 쑥스러운지 대답 대신 자리에서 일어나서 햄버거를 놨던 쟁반을 수거대로 가져가 올려놨다. 어쩔 수 없이 다른 친구들도 쟁반을 정리했다. 모리가 앞장서 계단을 내려갔다. 모두 그 뒤를 따라 거리를 걸었다. 요양원까지 조금 먼 거리지만 우리는 봉사 활동하는 날이면 어김없이 패스트푸드점에서 햄버거를 먹고 함께 걸어갔다.

해리가 늘 그랬듯 내 팔짱을 꼈다.

"모리 때문에 미치겠어. 신이시여! 모리가 멋지다는 걸 아무도 모르게 해 주세요."

참 이럴 때 보면 수석이와 해리는 닮은 구석이 많았다. 나는 해리의 과장된 목소리 톤 때문에 괜히 주변을 살폈다. 수석이는 모리 흉을 해리 앞에서 대놓고 봤다.

"진짜 강모리 음흉하다니까. 좋아하지 않는다면서도 계속 보고 있었다는 거잖아."

"아무리 생각해도 너는 모리 베프가 아닌 것 같아. 어쩜 모리를 몰라도 이렇게 모를 수 있어?"

"맘대로 생각하세요. 그건 그렇고, 다들 봉사활동 끝나고 영화 콜?"

수석이의 제안에 기분이 좋아졌다. 아직 혼자 영화를 보기 어려웠기 때문이다. 다행히 현준이와 모리도 좋다며 고개를 끄덕였다.

"리온아, 너도 괜찮지?"

해리가 물었다. 그러자 다른 세 명의 시선이 내게 모였다. 내가 말했다.

"내가 보고 싶은 영화 봐도 돼?"

*

우리는 요양원 담당자가 건넨 상자의 뚜껑을 열었다. 제일 먼저 눈에 띈 건 풍선이었다. 할머니와 할아버지가 그린 그림도 있었고 종이접기로 만든 개구리, 비행기, 꽃도 담겨 있었다. 일단 공기 펌프로 풍선에 바람을 채웠다. 빵빵해진 풍선이 사방에 던져졌다. 자칫하면 터질 것 같았다. 나와 현준이가 사다리를 올라 천장에 줄을 연결해서 풍선을 주렁주렁 매달았다. 박 같았다. 해리는 너튜브를 열어 무언가를 유심히 보더니 길쭉한 풍선으로 꽃을 만들었다. 3층 강당으로 올라가는 엘리베이터 앞에는 포도 모양 풍선을 만들어 달았다. 포도밭을 걷는 느낌이 났다. 역시 해리는 센스가 남달랐다.

요양원 입구부터 연출된 풍선 길은 제법 근사했다. 할머니와 할아버지가 그린 그림은 양면테이프를 이용해 벽에 붙였다. 작은 테이블 위에 지점토 조각을 세우기도 했다. 점점 잔치 분위기가 만들어졌다. 나도 주변을 꾸미는 데 몰두했다. 아이들을 돕기도 하고 남은 풍선에 바람을 채우기도 했다. 그러다 너무 많이 바람이 채워진 풍선이 팡 소리와 함께 터지면 그때마다 엄마야! 하고 움찔했다.

"힘들지?"

마침 또 풍선 하나가 터졌다. 엄마! 소리가 나오다가 나는 고개를 들었다. 눈에 띄는 노란색 재킷을 입은 남자가 말을 걸었다.

"하나도 힘들지 않아요. 재미있어요."

"그래, 즐거워 보이더라. 잘 부탁해. 내가 오늘 사회를 볼 건데, 너희가 잘 도와줘야 행사도 무사히 끝낼 수 있을 것 같거든."

해리의 말에 노란색 재킷을 입은 남자가 씩 웃으며 말했다. 나는 안도했다. 그 남자가 이쪽을 몇 번 흘끔거리는 걸 보면서, 혹시 나를 알아본 걸까 봐 불편하던 참이었다. 그런데 남자의 말을 들으니 내가 오해한 것 같아 머쓱해졌다.

"당연하죠. 걱정하지 마세요."

"그럼 수고하렴."

해리의 대답을 들으며 남자는 계단으로 올라갔다. 나는 남자의 뒷모습을 잠깐 보다가 멈췄던 일을 다시 시작했다. 이제 마무리 단계였다. 다른 친구들은 쓰레기를 모으는 중이었다. 나도 따라서 비닐도 줍고 상자를 모아 한곳에 정리했다.

"우리도 올라가 볼까?"

현준이 말에 우리는 3층에 올라가서 아직 남아 있는 풍선과 종이접기를 한 색종이를 매달았다. 형형색색으로 꾸미니까 3층이 더 화사했다. 음악도 계속 흐르고 있었다. 봉사하러 왔던 다른 날과 확실히 달랐다. 경로잔치의 흥이 물씬 풍겼다. 행사 시작 시간이 다 되어 가는지 높은 사람처럼 보이는 사람들이 속속히 들어섰다. 그들은 사람들을 그냥 지나치지 않았다. 일일이 인사를 하며 명함을 건네고서야 행사장으로 걸음을 옮겼다.

"리온아."

그때 나를 누군가 불렀다. 나는 명함을 주머니에 구겨 넣고 소리가 나는 곳으로 고개를 돌렸다. 머리카락이 온통 새하얀 임영웅 할머니였다.

"할머니, 왜 이렇게 예뻐요? 시집가셔도 되겠어요."

곱게 화장하고 휠체어에 앉은 임영웅 할머니가 다가왔다. 평소와 다른 모습이었다. 나는 눈이 마주치도록 허리를 굽힌 후에 마치 깜짝 놀란 사람처럼 눈을 동그랗게 더 크게 떠 보였다.

"어른을 놀리면 못 써."

나를 나무라는 할머니 얼굴에는 미소가 한가득했다.

"가사 적어 드린 건 다 외우셨어요?"

"일주일 동안 연습하면서 다 외웠어. 관광 가려면 1등 해야 하는데, 가사 못 외우면 큰일 나지."

"웃기시네. 그 1등 내가 할 거거든. 그나저나 리온아, 네게 부탁할 게 있는데…."

안경을 쓴 정동원 할머니였다. 정동원 할머니는 허리가 꼿꼿한 편이라서 혼자 씩씩하게 행사가 열리는 강당까지 걸어오신 모양이었다. 나는 두 할머니를 보며 활짝 웃었다. 투덕거리는 모습을 보면 앙숙 같지만, 사실 두 할머니는 꽤 친했다.

나와 처음 친해진 할머니는 정동원 할머니였다. 할머니는 가수 정동원 영상을 자주 봤다. 하지만 영상 자막이 작아서인지 할머니는 자꾸 가사를 틀렸다. 박자와 음정도 종종 엇나갔다. 그래도 할머니는 치매 예방에 노래만 한 게 없다면서 틀리면 틀리는 대로 노래를 계속 불렀다. 음 이탈은 둘째치고 박자가 뒤죽박죽이었다. 결국 나는 종이에 큰 글씨로 가사를 써서 정동원 할머니에게 건넸다. 박자 맞추는 법도 알려 줬다. 손바닥으로 허벅지를 두드리면서 부르면 훨씬 박자 맞추기가 수월해진다고 하니 정동원 할머니는 크게 기뻐했다. 그 모습을 바라보던 다른 할머니가 자기도 똑같이 가르쳐 달라고 했다. 그 할머니는 가수 임영웅 팬이었다. 두 할머니는 우리 영웅이, 우리 동원이, 하면서 자신이 좋아하는 가수를 자랑했다. 꼭 10대 팬들을 닮았다고 생각했다.

"말씀하세요. 무슨 부탁인데요?"

"정동원 노래를 부르는데 자꾸 박자를 놓치는구나. 리온이 네가 여기에 서서 입 모양으로 노래를 같이 불러 주면 내가 그걸 따라 할게. 그러면 떨지 않고 노래를 부를 수 있을 것 같아. 해 줄 수 있겠니?"

정동원 할머니가 조금은 흥분된 목소리로 물었다. 나는 임영웅 할머니에게 시선을 돌렸다. 임영웅 할머니는 내가 경쟁자인 정동원 할머니를 도와주는 걸 싫어할 게 분명했다.

"네가 할망구 도와줘. 어차피 나를 이길 수는 없을 거야."

임영웅 할머니는 의외로 개의치 않는다는 표정으로 말했다.

"뭐야? 뭘 보고 그렇게 자신만만이야?"

"노래는 말이지, 감정이거든. 노래 가사에 담긴 감정을 잘 전달해야 한다는 거야. 그런데 박자 맞추기에 급급하면 노래에 마음을 싣는 건 어렵지 않겠어?"

또 아웅다웅 시작이었다. 나는 두 할머니 사이에서 미소를 지었다. 그러면서도 임영웅 할머니가 노래 부르기의 의미를 아는 분이라고 생각했다. 마음을 전달하는 게 노래의 힘이니까. 가사에 담긴 위로와 공감을 제대로 표현해서 사람들의 마음을 어루만지는 게 가수의 역할이기도 했다. 〈K-아이돌스타〉 무대에 오르면서 난 그 경험을 했다.

무대에 서서 노래를 부른다는 건 그저 목소리를 뽐내는 일은 아니었다. 〈K-아이돌스타〉 무대에 오른 아이들은 저마다 멋진 목소리를 지녔기에, 목소리만으로는 우열을 가릴 수 없었다. 음정과 박자를 잘 맞추는 건 기본이었다. 결국 곡 해석에서 승부가 판가름 났다. 곡을 잘 해석해야 표현을 잘할 수 있고, 잘된 표현은 청중의 공감으로 이어졌다. 이 경험이 내게는 특별했다. 때로는 그립기도 했다.

어쩌면 내가 이번 가사 공모에 뽑혀서 콘서트에 참가하고 싶다는 마음이 드는 것도 이 때문일 수 있었다. 내가 쓴 가사니까. 그 안에 담긴 의미를 누구보다 내가 가장 잘 알 테니까. 어두웠던 시간 속 내 감정을 그대로 담았기에 마음을 담아 부를 자신도 있었다. 그래서 내 마음에 불길이 더 일었다. 만약 내가 지은 가사의 노래를 부를 수 있다면 내 안에 드리운 어둠도 걷어 낼 수 있으리라는 이상한 확신마저 들었다. 떨쳐 내지 못해서 여전히 품고 있는 모멸과 좌절 역시 노래와 함께 뱉어 낼 수 있을 것만 같았다. 정말 그렇게 된다면 불안은 내게서 도망칠 터였다. 나도 더는 피해자가 아닌 윤리온으로 살 수 있을 듯했다.

"아이고야! 본인 음정도 제대로 못 맞추는 주제에 누구보고 감정 전달을 이야기하는 건지 모르겠네. 나중에 결과나 보자고."

"뭐?"

순식간에 할머니 두 분이 지지 않으려고 목소리를 높였다. 싸우는 게 아니라는 걸 알면서도 나는 그 사이에 서서 어쩔 줄을 몰랐다.

"어서 들어가세요."

나는 두 할머니 등을 밀며 말했다. 정동원 할머니가 행사장으로 들어서면서 재차 확인했다.

"도와줄 거지?"

"그럴게요."

"이제 시작합니다."

이번에는 요양원 직원인지, 자원봉사자인지 모르겠지만 조끼를 입은 한 사람이 두 할머니에게 강당에 들어가라고 재촉했다. 임영웅 할머니 뒤에 있던 자원봉사자가 휠체어 방향을 돌렸다. 정동원 할머니도 따라 움직였다. 나는 들어가는 할머니의 뒷모습을 지켜봤다.

"리온아!"

정동원 할머니가 또 불렀다. 나는 고개를 돌리려다가 다시 할머니를 쳐다봤다.

"내가 1등 하면 선물 사 줄게. 갖고 싶은 거 생각해 두렴."

나는 빙그레 웃으며 "네" 하고 대답했다. 1등을 확신하는 할머니가 진서노 노랫말 공모전 당선 김칫국을 마시는 나와 닮아서 괜히 웃음이 났다.

"어르신들, 여기 주목해 주세요. 지금부터 잔치를 시작하겠습니다."

때마침 안내 멘트가 나왔다. 우리도 대충 마무리하고 강당 뒤편에 준비된 의자에 앉았다. 알록달록 꾸며진 무대는 잔치보다는 학예회를 연상케 했다. 〈K-아이돌스타〉에 비교하면 초라하지만, 무대의 즐거움이 전해졌다. 의원들의 지루한 축사 순서를 지나, 곧 노래자랑이 시작됐다.

"첫 번째로 무대에 올라오실 분, 준비되셨죠? 무척 떨리실 텐데요. 긴장감을 떨쳐 버리도록 큰 박수 부탁드립니다!"

박수 소리가 강당을 가득 채웠다. 사회자가 무대에 오를 어르신 이름을 불렀다. 나도 무대로 시선을 돌렸다. 첫 번째로 나선 할머니는 그동안 노래 실력을 갈고닦았는지, 아니면 원래 목소리가 구성진 건지 판소리를 꽤 잘했다. 두 번째도 할머니가 나섰다. 중간중간 마을 합창단과 사물놀이패의 축하 공연이 이어졌다. 분위기가 점점 고조됐다.

임영웅 할머니 차례가 됐다. 할머니는 차분하게 노래를 불렀다. 노래는 감정을 전달하는 거라던 할머니 말대로 쓸쓸한 느낌을 살려 차분하게 불렀다. 노래가 끝나고 나는 손뼉을 치며 엄지를 치켜올렸다. 할머니는 떨렸는지 자리에 돌아가서도 굳은 표정을 쉽사리 풀지 않았다. 그건 정동원 할머니도 마찬가지였다. 할머니는 내 입 모양을 보면서 박자를 잘 맞추긴 했지만 목소리가 떨렸다. 안타까우면서도 할머니가 귀여웠다. 진심으로 최선을 다한 모습이었다.

문득 "무대란 어쩌면 모두에게 설렘이 아닐까?"라는 생각이 스쳐 지나갔다. 나도 그랬다. 처음 방송에 나갔던 이유는 혹시라도 친엄마가 나를 볼지 모른다는 생각 때문이었다. 그러나 무대에 올라서면 모든 걸 잊었다. 그냥 설레고 또 설렜다. 그때의 설렘을 다시 느낀다면 예전의 나로 돌아갈 수 있을 것만 같았다. 생각이 여기에 미치자 불현듯 용기가 생겼다.

내 가사가 선택된다면 노래를 부를 거야. 내 아픔을 노래로 이겨 낼 수 있다면 더는 숨어서 갈팡질팡하지 않을래. 내 생각이 현실이 되면 상처도 분명히 낫겠지. 솔직히 지금까지 나를 알아본 사람은 없었다. 내 얘기가 더는 인터넷에 떠돌지도 않는다. 내 사진과 영상도 모두 지워졌다. 계속 모니터링 중이기에 걱정할 필요도 없었다. 그래, 믿자. 이제 숨을 이유가 없어. 노래를 부르는 거야. 거기서부터 시작해 보는 거지. 결심이 섰다. 속이 후련해졌다.

"마지막 지원자 어르신까지 노래를 모두 부르셨습니다. 심사 결과가 나올 때까지 축하 공연이 있겠습니다."

사회자의 말에 따라 시선을 돌려 보니, 화장을 한 초등학생 꼬마들이 무대 옆에서 기다리고 있었다. 무용을 할 모양이었다. 짧은 한복에 부채를 들고 사회자를 보고 있던 아이들은 음악이 들리자, 무대 위로 올라가 춤을 췄다. 작은 몸으로 추는 춤은 앙증맞았다. 아이들 모두 입꼬리가 하늘을 향해 있었다. 멀리서 보는데도 표정이 하나하나 다 보였다.

아이들이 무대에서 내려갈 때 핸드폰 진동이 울렸다. 유피토 앱 알림이었다. 핸드폰 잠금을 해제하고 내용을 확인했다. 눈이 저절로 커졌다. 내 가사가 1등이 된 것이다. 나도 모르게 손을 올리고 입을 벌렸다. 얼굴 근육이 실룩였다. 그러나 기쁨은 잠깐이었다. 추락이 나를 기다리고 있었다.

"어머! 저 학생이 노래를 부르고 싶은가 봐요. 사실 노래를 참 잘 부르는 학생이랍니다. 어떠세요? 결과 나오기 전에 마지막으로 노래 한번 들어 볼까요?"

좋지, 좋아, 하는 소리가 들렸다. 사회자가 나를 보고 손짓했다. 나는 당황했다. 어떻게 해야 할지 몰랐다. 입구로 들어설 때마다 자주 눈이 마주쳤는데, 어쩌면 처음부터 나를 알아봤던 것일 수도 있겠다는 추측이 들었다.

"윤리온 학생, 나와 주시죠."

내 이름까지 알다니! 확실했다. 나를 알고 있었던 게 분명했다. 나는 정신을 차릴 수 없었다. 단톡방에서 나를 비웃던 'ㅋㅋㅋㅋㅋ', 'ㅎㅎㅎㅎㅎ'라는 문자가 머릿속에서 종을 치듯 울렸다. 손끝이 차가워졌다. 옆에 있던 누군가가 나를 밀었다. 어쩔 수 없이 사람들 손에 밀려 무대까지 다가갔다. 형광등이 밝게 비추는데도 세상이 온통 컴컴했다. 새까만 배경 위에 눈동자만 움직이고 있다는 착각마저 들었다. 손이 떨렸다. 온몸 곳곳으로 불안이 진동하며 퍼졌다. 구역감도 올라왔다. 아까 먹었던 햄버거가 역류해 목구멍을 막은 듯했다. 사람들을 밀치고 자리를 떠나고 싶은 생각뿐이었다. 하지만 지금 이 자리를 피하면 잔칫날 찬물을 붓는 격이었다. 어떻게든 고개를 들어 보려고 애썼지만, 과해지는 호흡을 막을 수 없었다. 좌절이 나를 덮쳤다.

결심도 타이밍

"윤리온 님."

자주 겪다 보면 습관이 되는 걸까. 이제는 간호사가 내 이름을 불러도 긴장하지 않았다. 초진 때 침을 여러 번 삼켰던 게 기억났다. 그날도 엄마와 함께 왔었지만, 많이 떨었다. 여기저기 비명이 들릴 거 같아서였다. 드라마나 영화에서 본 이미지 탓에 두려움도 컸다. 공황장애 치료를 받으러 왔다가, 도리어 더 큰 병을 얻지 않을까 걱정했다.

그러나 편견이었다. 평정심을 잃은 사람들이 정신없이 돌아다닐 거라고 여겼던 병원 실내는 예상과 달리 조용했다. 곳곳에 놓인 작은 화분과 폭신한 소파는 긴장감마저 누그러뜨렸다. 1인용 흔들의자도 군데군데 놓여 있어서 북 카페 같은 느낌이 났다. 대기하는 사람 중에는 20~30대도 많아 보였다. 의외였다.

"윤리온 님 들어오세요."

어제 요양원에서 모리와 해리가 나를 집에 데려다줬을 때 엄마는 아마 두 사람에게 전후 사정을 들은 모양이었다. 아침이 되자 엄마는 병원에 가려고 준비했다. 병원에 가기 싫었지만 가지 않겠다고 할 명분이 없었다. 약을 버리면서 큰소리치던 내 자신감은 결국 빈 수레였다는 걸 엄마에게 보인 꼴이었으니까.

간호사가 부르는 소리에 엄마가 벌떡 일어났다. 나는 진료실에 혼자 들어가고 싶었다. 어떻게든 나아지고 있음을 보여 주려는 생각 때문이었다. 정신 질환은 마음의 감기라고 했던 누군가의 말처럼, 난 그저 지독한 감기에 걸린 것뿐이라고 엄마에게 말해 주고 싶었다. 그러지 않는다면 엄마는 계속 나를 걱정할 테고 나는 점점 아무것도 못 하는 사람이 될지도 모르는 일이었다.

"나 혼자 들어갈게."

잠시 엄마가 나를 쳐다보다가 그냥 자리에 앉았다. 내 결심을 느낀 모양이었다.

나는 진료실에 들어가 의사 앞에 놓인 의자에 앉았다. 의사가 나를 보며 물었다.

"그래서 요즘 어때요? 다른 증상은 없어요?"

"똑같아요."

내 대답에 의사는 고개를 끄덕이더니 모니터로 눈을 돌리고는 컴퓨터 자판을 두드렸다. 몇 가지 질문이 이어졌다. 그리고 의

사는 잠시 손을 멈추고 말했다.

"갑자기 심장이 두근거린다거나 하면 바로 병원으로 오세요."

"더 나빠질 수 있다는 건가요?"

"아니에요. 그냥 가능성을 말하는 겁니다. 마음 편히 가지면 돼요. 예전에도 말했듯이 공황장애 증상이 생겨도 그때 느껴지는 불안이 현실이 되지는 않아요. 약 잘 먹고 마음 편히 가지다 보면 반드시 좋아질 거고요."

예전에도 이 말을 엄마와 함께 들었다. 반드시 좋아진다는 의사의 설명에 엄마의 얼굴이 밝아졌다. 내게도 위안이었다. 그러나 나아지지 않았다. 나아지려는 기미조차 없었다. 아무 일도 생기지 않는다는 의사의 말도 도움이 되지 않았다. 공황을 느끼면 두려움이 나를 잡아먹었고, 공포에 질려 사고가 마비됐다.

"그런 증상이 생겼을 때 병원으로 바로 오라고 한 건 거기에 맞춰 약을 바꿔야 해서 그런 거예요. 일단 오늘은 지난번과 똑같이 처방해 드릴 테니 드세요."

어떻게 약을 바꿔 주겠다는 말일까. 공황장애에는 항불안제와 항우울제, 두 가지 약을 처방해 준다. 처음 정신과 진료를 받고 처방전을 받았을 때, 약에 관한 설명을 이해하기 어려웠다. 그건 지금도 마찬가지였다. 항불안제는 불안을 줄여 주는 처방이니까 그렇다 칠 수 있지만, 문제는 항우울제였다. 불안 장애만 치료하면 된다고 여겼기에 내가 항우울제를 먹어야 한다는 건 받아들이기가 어려웠다. 의사는 내가 가질 의문을 미리 알아챘는지 공황장애의 원인은 세로토닌의 불균형이라고 설명해 줬다.

세로토닌이라는 단어를 집에 돌아와서 검색해 봤다. 행복 호르몬이었다. 한마디로 나는 행복 호르몬이 부족한 거였다. 계속 공황장애 약을 먹는다는 건 행복 호르몬이 제대로 분비되지 않는다는 의미와 같았다. 그 설명을 듣고부터 내내 겁이 났다. 영원히 행복을 느끼지 못하는 내가 될까 봐. 어떻게든 약을 끊어 내고 싶었던 이유가 바로 여기에 있었다. 그런데 새로운 증상이 나타나면 약 처방을 바꾼다니! 두려움이 증폭됐다. 세로토닌이 나오지 않아서 점점 말라 버리는 건 아닌지 무서웠다. 불행의 구덩이에 갇힐까 봐 겁이 났다.

"나을 수 있겠죠? 중독되는 것도 아니겠죠?"

"그런 걱정하지 말고 치료에만 전념해요. 지난번에도 말했듯이 공황장애는 약물이 잘 듣는 질환이에요. 좋아질 거예요."

"효과가 전혀 나타나지 않아요."

"서서히 작용하기 때문이에요. 천천히 근본적 치료를 돕는 거니까 괜한 염려는 붙들어 두세요."

의사는 앵무새처럼 같은 말을 반복했다. 더는 뭐라고 할 말이 없었다. 나는 인사하고 진료실 밖으로 나왔다. 약을 받기 위해 엄마 옆에서 기다렸다. 다른 병원과 달리 정신과는 병원 안에 조제

실이 있었고, 그곳에서 처방된 약을 환자에게 직접 건넸다. 엄마가 내 팔을 건드리면서 카드를 내밀었다. 나는 수납 창구에서 약을 받고 계산했다.

*

엄마가 내 공황장애를 알게 된 건 부산행 기차 안에서였다. 바다를 본다는 설렘으로 나는 한껏 들떠 있었다. 지하철에서 갑작스럽게 일어난 불안과 구역감이 공황장애라는 걸 인터넷 검색을 통해 알았지만 무시했다. 한동안 잠잠했기에 일시적으로 나타난 증상이라고만 여겼다. 굳이 엄마에게 말할 필요도 느끼지 못했다. 그러나 기어코 공황이 찾아왔다. 어쩔 수 없이 동대구역에 내려야만 했다. 엄마는 하얗게 질린 표정이었다.

그러나 엄마는 내게 예전에도 이런 적이 있었는지, 어떻게 아픈지 묻지 않았다. 엄마는 입을 꾹 다문 채, 서울로 향하는 고속버스를 예약했다. 아마 내가 기차를 다시 타기는 어려우리라고 생각한 듯했다. 나는 엄마에게 이왕 온 거 부산에서 하룻밤 머물다가 가자고 했다. 바다를 보면 엉킨 마음이 다 풀리리라고 여겨서였다. 엄마는 내 부탁을 들어주지 않았다. 내가 울면서 애원했는데도 엄마는 지금 이럴 때가 아니라며 고속버스 터미널로 향했다. 그러면서 "엄마 속상하게 이게 뭐니? 엄마가 딸이 아픈 줄도 모르고 있다는 게 얼마나 화가 나고 창피한 줄 알아?"라며 나를 타박했다.

　그때 처음으로 엄마가 내 엄마가 맞는지 의심했다. 울며 간곡하게 말하는 딸의 마음은 안중에도 없는 듯 보였다. 엄마라면 같이 마음 아파하면서 어루만져 줘야 하는 게 아닌가? 그런 생각이 돌아오는 고속버스 안에서 머릿속을 내내 떠나지 않았다. 그리고 엄마는 서울에 도착하자마자 내 의사는 묻지도 않고 나를 정신과로 데려갔다.

　"만둣국 먹고 가자."

　엘리베이터 안에서 엄마 말을 듣고 나는 고개를 끄덕였다. 오늘 아침 엄마의 표정이 그때와 같았다. '괜찮냐? 다른 데 아픈 곳은 없냐?' 같은 질문을 할 법도 한데 엄마는 내내 입을 다물었다. 아침에 병원 가자는 말 이외에는 하지 않았다. 지금 만둣국 먹고 가자는 말이 오늘 내게 건넨 두 번째 말이었다. 그때처럼 엄마는 내 마음을 어루만져 줄 생각 따위는 없어 보였다.

　땡. 엘리베이터 도착 소리와 함께 문이 열렸다. 우리는 병원에서 나와서 만둣국 가게로 향했다. 우리 둘 다 좋아하는 식당이었다. 병원과 가까이에 있어 금방 도착했다. 식당에 들어서자마자 자리를 잡고 만둣국과 부침개 하나를 주문했다. 음식은 곧 나왔고 엄마와 난 아무 말 없이 먹었다. 따뜻한 국물이 들어가고 고기 육즙이 입안에서 툭 터지자 날카로웠던 신경이 느슨해졌다. 엄마와의 사이에서 흐르던 긴장감도 만두피처럼 흐물흐물해졌다. 깍두기와 겉절이를 한 번씩 더 달라고 해서 국물까지 싹 비웠다. 우리는 둘 다 말없이 먹기만 했다. 엄마를 흘깃 봤지만 내 눈치를 보는 것 같지는 않았다.

"배도 부른데 집까지 걸어갈래?"

"엄마가 커피까지 사 주면⋯."

아침에 눈을 떠서 여기에 오기까지 한 번도 웃지 않던 엄마가 피식 웃었다. 이걸로 됐다. 약봉지를 휴지통에 버려서 생겼던 엄마와의 갈등도 끝난 것이다. 어제 일 때문에 얼굴을 굳히던 엄마의 마음도 풀어진 거나 마찬가지였다.

식당을 나오자, 찬바람이 머리카락 사이로 헤집고 들어왔다. 배가 든든해서인지 별로 춥지 않았다. 곧바로 카페로 가서 엄마는 아메리카노, 나는 카페 모카를 사 들고 큰길가 대신 안쪽 골목으로 걸었다. 확실히 소음이 덜했다.

"안 추워?"

"괜찮아."

달콤하고 부드러운 카페 모카를 마시니까 즐거워졌다. 엄마 팔짱을 꼈다. 두꺼운 외투를 입어서 감촉은 느껴지지 않지만, 엄마의 머리카락과 입김에서 엄마 냄새가 났다.

"리온아."

한참을 걷던 엄마가 부르자 나는 팔짱 낀 엄마 팔에 몸을 바짝 댔다. 엄마가 이어서 말했다.

"상담이라도 받아 볼래? 면접 보듯 마주 보면서 네 얘기를 하는 게 불편하면 사이코드라마라는 것도 있어."

"그게 뭔데?"

"심리극이야. 그날 주제에 맞춰 참여자들이 즉석 연극을 하는 거지. 일부러 네 얘기를 꺼내지 않아도 자신의 마음을 들여다볼 수 있어. 게다가 사이코드라마에 참석하는 사람들은 진행자를 제외하고는 모두 모르는 사람이야. 헤어지고 나면 두 번 보지 않을 사람이라서 부담이 덜한 편이고."

내 상처를 치유하려는 엄마의 노력은 집요했다. 공황장애가 더 심각해지지 않기를 바라는 엄마의 마음은 이해하지만, 나는 내 상처를 꺼내고 싶지 않았다. 끔찍했던 기억과 고통을 떠올리는 것 자체가 싫었다. 병원에서도 내 상처를 들여다보고 헤집어야 했던 탓에 상담을 중단하곤 했다.

"엄마 한번 믿어 주면 좋겠어. 엄마가 경험해 봐서 알아."

경험이라는 단어에서 아빠의 교통사고가 연쇄 작용하듯 연결됐다. 예상치 못한 이별이었다. 엄마는 많이 힘들어했다. 그래도 이겨 내려고 애를 많이 썼다. 엄마는 그때 받았던 상담에서 효과를 본 모양이었다. 직접 상담을 배울 생각까지 했던 걸 보면 말이다. 하지만 상담이 타인의 말만 잘 들어 준다고 할 수 있는 일은 아니라는 걸 알고는 포기했다.

"나를 알아볼 수도 있을 텐데."

"피해자 그만하고 싶다면서. 그러면 피해자라는 단어는 과거에 남겨 둬야 하지 않겠어?"

엄마 말이 맞았다. 나는 피해자였지만 더는 거기에 머물고 싶지 않았다. 번뜩 깨달음 하나가 번개처럼 스파크를 일으켰다. 세로토닌을 마르지 않게 할 방법이 떠올랐다. 피해자였던 상처를 과거에 두고 현재를 살면 되는 거다. 그리고 그 방법은 다름 아닌 노래를 부르는 것이었다.

나는 확신했다. 사람에게 받은 상처는 사람에게 치유를 받듯이, 노래하다가 사람에게서 받은 아픔은 내가 부르는 노래에 공감해 주는 사람을 만남으로써 아물게 되리라고. 무엇보다 내가 쓴 가사를 붙인 노래를 직접 불러 보고 싶었다. 임영웅 할머니 말대로 내 마음을 표현하고 싶었다. 그럴 수 있다면 피해자 자리에서 벗어날 수 있을 것만 같았다. 내가 쓴 가사가 누군가의 입으로 불리고 또 불릴 테니까.

"만약 너를 알아보는 사람이 있거나 도저히 할 자신이 없으면 안 해도 돼. 그냥 한번 가 보자."

엄마는 빈 커피잔을 외투 주머니에 넣더니 커피잔을 잡았던 손을 팔짱을 낀 내 손 위로 덮으며 다시 말했다. 머뭇거리는 나를 끌어당기는 것 같았다. 나는 엄마의 손을 잡고 깍지를 꼈다.

"생각해 볼게."

자전거를 타고 한강을 달렸다. 겨울 강바람에 얼굴과 귀가 얼얼했다. 마음이 복잡할 때는 자전거가 최고였다. 나는 내 의지로 방향을 바꿀 수 있고 내가 가고자 한 곳으로 나를 데려가 주는 자전거를 좋아했다. 페달을 힘껏 밟았다. 겨울이라서 그런지, 사람이 거의 보이지 않았다. 한참 달리고 난 후, 자전거를 멈추고 잔디밭에 앉아서 한강을 바라봤다. 좀처럼 속이 후련해지지 않았다. 요양원에서의 일이 자꾸 마음에 걸렸기 때문이었다.

그날 일은 오해였고 나의 과잉 반응이었다. 노란 재킷을 입은 사회자는 내가 〈K-아이돌스타〉의 윤리온이라는 걸 알아서 나를 지목한 게 아니었다. 행사 때문에 요양원에 몇 번 찾아왔는데 그때마다 임영웅 할머니와 정동원 할머니에게 노래를 가르쳐 주는 나를 본 거였다. 직접 노래를 부르면서 할머니의 음정과 박자를 교정해 주는 모습을 보면서 내 실력을 가늠했다고 한다.

나는 그날을 계기로 나를 돌아봤다. 피해자로 살기 싫다면서 어쩌면 마음 깊은 곳에서 피해자를 자처하고 있을지도 모른다는 생각 때문이었다. 고개를 저었다. 나도 내 마음을 알기 어려웠다. 자처해서 피해자가 되고 싶은 사람은 없을 테니까.

나는 다시 20분쯤 더 달렸다. 그리고 한 건물 앞에 다다라 자전거를 끌고 엘리베이터를 탔다. 엘리베이터 밖으로 나오자, 심리상담소 간판이 보였다. 나는 그 앞에 자전거를 세워 자물쇠를

잠그고 심리상담소 문을 열었다.

내가 여기로 온 건 피해자라는 상처를 과거로 돌리기 위해서였다. 엄마의 권유로 사이코드라마에 참여해 보긴 했지만 나와 맞지 않았다. 거기서는 나를 내보일 수 없었다. 준비 단계에서 자신의 기억을 꺼내야 하고 드라마의 주인공이 되면 참여자들이 주인공의 기억 속에서 트라우마를 일으키는 캐릭터가 되어 상처를 집요하고 강렬하게 두드렸다.

그날 나는 장애인 동생이 있는 참여자와 엄마에게 차별받고 자란 탓에 성인이 되고서도 애정 결핍에 시달리는 주인공 사례를 지켜봤다. 사례자들의 사연에 공감했지만, 마음 한구석에서는 사이코드라마에 참여하기 어렵겠다고 판단했다. 아무리 모르는 사람이라지만 나만 쳐다보는 사람들 앞에서 마음을 드러낼 수 없었다. 나를 내보이는 말과 행동은 더욱 자신이 없었다. 심지어 주인공에게 이목이 쏠리는 드라마였다. 내가 주인공으로 무대에 선다면 여기 모인 참여자들이 나만 본다는 뜻이었다. 내가 가장 두려워하는 상황이었다. 공황이 찾아오지 않을 거라 확신할 수 없었다.

그래서 심리상담소를 찾았다. 문을 열고 들어서자, 클래식 음악이 흘렀다. 향초를 피웠는지 라벤더 향이 약간 났다. 예약제로만 운영되어 나 외에는 아무도 없었다.

"윤리온이에요."

"잠시만요."

데스크 직원이 어디론가 사라졌다. 아마 상담사에게 내가 왔음을 알리는 거겠지. 무사히 끝내야 할 텐데…. 사실 여기도 엄마와 와 본 적이 있었다. 그땐 검사지에 체크하고 상담을 받으려다가 포기했다. 상담 중에 친엄마에 관한 내용이 나왔기 때문이다. 엄마는 상담실을 박차고 나가는 나를 붙잡고 설득했다. 나는 엄마 말을 듣지 않았다. 낯선 사람에게 내 얘기를 하는 게 싫었다. 아무리 내 상담이 비밀에 부쳐진다고는 하지만 엄마는 내 보호자였다. 엄마에게 상담 내용이 전해지지 않으리라고 장담할 수 없었다.

"따라오세요."

데스크 직원이 나를 복도 끝에 있는 방으로 안내했다. 문이 열렸다. 단발머리의 상담사가 미소를 지으며 앉아 있었다.

"기다리고 있었어요. 여기 앉아요."

창문이 없는 방이었다. 그 대신 들어오는 문 맞은편에 노을이 지는 호수 주변에 꽃잎이 흩날리는 그림이 걸려 있었다. 호수에는 사람이 탄 작은 배도 있었다. 배에 탄 사람이 노를 젓지 않아 배는 멈춰 있는 듯했다. 방향을 정하지 못해 노를 젓지 못하는 것처럼 보였다. 작은 배가 마치 내 모습 같았다.

"그동안 잘 지냈어요?"

"그냥요."

성의 없는 내 대답에 상담사는 미소를 잃지 않은 채, 책상 위에 놓인 서류를 훑어봤다. 얼핏 보니 예전에 내가 작성했던 심리 검사지였다. 종이를 한 장 한 장 넘기는 소리에 마음이 발가벗겨지는 기분이 들었다. 검사지일 뿐인데…. 추궁당할 것만 같아 어깨가 움츠러들었다. 상담사는 검사지를 끝까지 보더니 다시 덮었다.

"부담감 느끼지 말고, 가볍게 시작해 볼까요."

상담사는 책상 옆에 둔 상자를 열어 무언가를 꺼내고는 책상 위에 펼쳤다. 미안하다, 놀랐다, 화가 난다, 진저리 난다 등등의 감정 단어가 적힌 카드였다. 나는 단어 카드를 펼치는 상담사의 손을 가만히 쳐다봤다. 셀 수 없는 단어 카드가 책상을 덮었다. 손에 남은 마지막 단어 카드를 책상 끄트머리에 놓더니 상담사가 말했다.

"우리는 감정을 몸으로 느껴요. 억장이 무너진다는 표현도 있고, 소름이 돋는다거나 진땀이 난다는 말도 하죠. 너무 놀라면 간 떨어진다고도 하고, 심장이 두근거려서 미치는 줄 알았다는 표현도 써요. 그럼 한번 골라 볼까? 지금 느끼는 감정 카드를 선택해 봐."

상담사는 언니처럼 자연스럽게 말을 놓았다. 마음이 조금 편해졌다. 난 카드를 가만히 들여다보다가 팔을 뻗어 '화가 난다', '두렵다', '슬프다', '우울하다', '무섭다', '수치스럽다', '억울하다'

라고 적힌 카드를 잡았다. 그러자 선생님은 다른 카드를 치우고 내가 가진 카드를 다시 책상 위에 펼쳤다.

"고통스럽긴 하지만, 이 감정들에 집중해 볼까? 눈을 감고 네가 고른 감정을 떠올려 봐."

난 눈을 감고는 내가 고른 감정 단어를 떠올렸다. 온통 부정적인 기운이 나를 감쌌다. 정수리를 통해 이마에 머물다가 목구멍에서 진득하게 걸렸다. 그러자 구역감이 밀려왔다.

"떠오르는 색깔이 있니? 아니면 생각나는 소리라든가 연상되는 이미지가 있을까? 이 감정을 느낄 때 유독 네 몸 어딘가 아프지는 않아?"

"피에로가 생각나요."

"피에로는 뭐 하고 있어?"

"슬픈 표정으로 춤을 추고 있는데, 나를 보면서 도망치라고 말하고 있어요."

"그러면 눈을 그대로 감은 채, '도망쳐!'라고 큰 소리로 말해 보자."

상담사의 말대로 눈을 감은 채 나는 소리쳤다. 도망쳐! 도망쳐! 도망쳐! 그런데 왜일까? 심장에서 맴돌던 부정적 감정이라는 검은 덩어리가 역류했다. 심장에서 튀어 오르더니 폐에 머물던 찬 기운을 걷어 갔다. 식도를 타고 목구멍을 거슬러 올라왔다. 그러고는 진득하게 목구멍을 막고 있던 감정 덩어리가 도망치라는 말과 함께 입 밖으로 뱉어졌다. 그와 동시에 눈물이 터져 나왔다. 울려고 한 건 아니었는데도, 둑이 터진 듯 눈물이 흘렀다. 나는 그대로 도망치라는 말을 지칠 때까지 했다.

"그 감정을 충분히 느껴 봐. 소리쳐도 되고 발을 굴러도 돼."

하지만 어느 순간부터 울음이 도망치라는 말을 막아 버렸다. 이렇게 울어 본 적이 언제였더라? 내 영상이 유포되었다는 걸 알았을 때도, 절친조차 내 편이 되어 주지 않을 때도 울지 않았다. 심지어 며칠 전 엄마와 갔던 사이코드라마에서도 울음을 참아 냈다. 그런데 한꺼번에 설움이 폭발한 듯 울음이 터졌다. 콧물이 숨을 막고 내 사고를 정지시켰다.

우는 시간이 점점 길어지면서 심장에 허수아비 하나가 들어섰다. 허수아비의 크기도 점점 커져만 갔다. 신기한 건 허수아비가 커질수록 내 눈물이 잦아들었다는 점이었다. 감정이 누그러졌고 차분해졌다.

"그냥 눈을 감고 계속 생각해 봐. 피에로를 도와줄 사람이 주변에 있니?"

"아무도 없어요."

"그러면 피에로는 어디로 도망가면 좋을까?"

"땅속으로 꺼져 버리고 싶어요."

"네 마음대로 해. 땅속으로 들어가 보자. 어때? 땅속에 들어간 피에로는 편안해 보여? 네가 피에로가 되어서 기분을 느껴

결심도 타이밍

봐.”

상상 속에서 나는 오롯이 피에로가 됐다. 내 머리 위에서 오줌을 싸는 강아지들, 내 머리 위에 자국을 내며 지나가는 자전거 바퀴가 진짜 같았다. 편안해지던 마음이 점점 답답함으로 바뀌었다. 머리를 내밀어 누가 지나가는지 보고 싶었다.

“나가고 싶어요.”

“꺼내 줄 친구가 있어?”

나는 눈을 떴다. 꺼내 줄 친구를 떠올리기가 두려웠다. 왜 그런 걸까? 모리가 나를 도왔다. 해리는 비닐봉지를 파우치에 가지고 다녔다. 내가 공황장애를 일으킬 때를 대비한 것임을 알고 있었다. 수석이는 공황이 온 나를 위해 요양원 경로잔치 분위기를 이끌었고, 전에 내 영상이 돌 때 내 편에 서서 화를 내 줬다. 현준이도 나를 돕기 위해 모리가 디지털 장의사라는 걸 알려 줬다. 그런데 나를 꺼내 줄 친구가 있느냐는 말에 나는 심장이 내려앉았다.

“힘드니? 다른 방법으로 해 봐야겠다.”

“아니에요. 그만할래요. 죄송합니다.”

벌떡 일어나 자리를 박차고 나왔다. 내 속을 더 들여다볼 용기가 없었다. 겁이 더럭 났다. 재빨리 문을 열고 나왔다.

“리온아. 잠깐만.”

상담사가 나를 불렀다. 내가 돌아보자, 상담사가 팔을 내밀며 내 손에 무언가를 쥐여 줬다. 손을 펴 보니 키링이었다.

"불안할 때 피에로라고 생각하고 이걸 손에 쥐거나 만지작거려 봐. 도움이 될 거야."

상담사는 내가 〈K-아이돌스타〉의 윤리온이라는 걸 알고 있었다. 딱 한 번 심리 검사만 했던 나를 기억하는 것도 그 때문이었다. 키링을 준비해서 건네줄 만큼 나의 상황을 안타까워하고 있음이 틀림없었다. 나는 고개를 숙여 인사했다.

"다시 올 거야?"

대답하지 않았다. 자신할 수 없었다. 내가 노래를 부를 수 있다면 상처를 치유했을 테니 여기에 올 필요가 없을 것이다. 노래 부르는 걸 포기했다면 다시 숨어들 테니 오지 않을 터였다. 상담사가 나를 물끄러미 바라보며 말했다.

"감정 일기라도 써 봐. 내게 오지 않더라도 너 스스로 네 마음을 이해하고 받아들이는 데 도움이 될 거야. 감정 일기를 쓰면 근원에 있는 네 내면의 아이를 찾을 수도 있거든."

"내면의 아이요?"

"감정 일기를 써 보면 알 거야. 그게 무언지…. 다만 그 깨달음을 얻기까지 시간이 걸릴지도 몰라. 내면 아이를 찾으면서 한 번씩 나를 보러 오면 더 도움이 될 거야. 나는 그러기를 바라. 올 수 있겠니?"

나는 고개를 끄덕였다. 키링을 쥐고 있어서인지, 아니면 치료

나 상담을 받는 게 아니라 내면 아이를 찾아보라는 말 때문인지
알 수 없었지만, 상담사의 진심이 와닿았다.

서서히, 조금씩, 천천히

카페 공간은 널찍했다. 가장 마음에 든 곳은 통유리창 앞에 길게 뻗은 테이블이었다. 나는 딸기 프라페를 주문하고 테이블 가장 구석에 있는 높은 의자에 앉았다. 잔디가 심어진 마당이 한눈에 들어왔지만, 누런색으로 뒤덮인 까닭에 황량했다. 쓸쓸함이 느껴졌다. 그나마 벽을 따라 늘어진 드림 캐처가 작은 온기를 만들어 냈다.

"혹시 오리 님?"

그리 크지 않은 키의 한 남자가 리온에게 말을 걸었다. 검은색 뿔테 안경을 쓰고 피부가 뽀얬다. 검은색 패딩 점퍼를 입고 배낭을 멘 모습은 고등학생처럼 보였다. 그런데 외모가 낯익었다. 아바타 모습 그대로였다. 특히 검은색 뿔테 안경 덕분에 이 남자가 누군지 알아보는 건 어렵지 않았다. 물론 여기서 나를 오리라는 닉네임으로 부를 사람도 딱 한 명뿐이었다.

"진서노 님?"

"다행이에요. 아닐까 봐 걱정했는데."

"저기로 갈까요?"

나는 진서노가 손으로 가리키는 곳을 봤다. 아이들이 여럿 보였다. 나는 진서노를 따라갔다. 그 일이 있고 난 후, 아는 사람이 한 명도 없는 만남은 처음이었다.

"만나서 반가워요."

"저도요."

내가 자리에 앉자 이미 와 있던 사람 중 한 명이 말했다. 나는 사람들 수를 확인했다. 진서노 포함 6명이었다. 와야 할 사람은 12명이었다.

"노래를 잘 못 부른다고 기권하는 사람이 있었어요. 초등학생은 제외했고요."

내 생각을 읽은 것처럼 진서노가 말했다. 그리고 자기는 열아홉이라면서 우리에게 몇 살이냐고 물었다. 우리는 돌아가면서 나이를 밝혔다. 대부분 또래였다. 가장 어린 친구가 중3이었고 남자였다. 열아홉 살인 언니도 있었다.

"내가 제일 나이가 많지만, 그냥 친구처럼 서노라고 부르면 좋겠어. 아 참, 진서노라는 닉네임은 본명이야. 너희는?"

"굳이 말해야 해? 어차피 유피토에서 노래를 부르면 닉네임으로 하는 거잖아."

오른쪽 뺨에 점이 있는 아이가 되물었다. 나는 안절부절못했다. 예상치 못한 일이었다. 그저 오리라는 닉네임으로 노래만 부르면 된다고 생각했었다.

"그렇긴 한데, 나랑 연결된 기획사에서도 우리가 콘서트를 열 때 유피토에 접속할 거거든. 혹시라도 그날 기획사에서 너희 중에 누군가가 마음에 든다면 진짜 이름을 물어볼 수도 있어. 그리고 서로 신뢰하려면 이름 정도는 아는 게 좋지 않을까?"

"기획사에서도 이 프로젝트에 관심이 있어?"

"작사 능력이 있다는 건 아티스트로서 좋은 자질이잖아. 나중에 나랑 듀엣을 할 수도 있고. 물론 아직 정해진 건 없어. 그냥 가능성을 열어 둔 거지."

"서노는 소속사가 있었던 거네!"

유난히 머리가 곱슬곱슬한 아이가 반응했다. 지금까지는 진서노를 유피토에서 취미 삼아 활동하는 크리에이터라고 여겼던 모양이었다. 다른 아이들도 마찬가지였다. 나도 조금 놀랐다.

"계약을 앞둔 상황이야. 그래서 친한 형이 작사할 수 있는 싱어가 있으면 더할 나위 없이 좋겠다고 했어. 여하튼, 그러니까 이름을 말해 주면 안 될까?"

아이들은 돌아가면서 자기 이름을 밝혔다. 오른쪽 뺨에 점이 있는 아이 이름은 박윤미였는데 유독 눈을 반짝였다. 내 차례가

왔다. 이름을 밝히기 싫다고 일어날 수도 없는 노릇이었다. 우리만 아는 건데 괜찮을 거야. 속으로 나를 다독이며 입을 열었다.

"유… 윤리온이야."

"리온… 어? 설마 〈K-아이돌스타〉에 나왔던?"

진서노가 단번에 알아봤다. 〈K-아이돌스타〉라고 하자 나머지 4명도 눈이 동그래지면서 나를 쳐다봤다. 모두 나를 아는 듯했다. 워낙 유명한 프로그램이었던 데다가 내가 갑자기 하차하면서 별의별 뜬소문도 돌았던 터라 그럴 만도 했다. 특히 여기 모인 아이들은 노래에 관심이 있으니 모를 리가 없었다.

그런데 문제가 생겼다. 겨우 5명의 시선이 내게 집중됐을 뿐인데도 불안했다. 이를 꽉 물었다. 맞아! 키링이 있었지. 가방을 앞으로 끌어당겨 지퍼에 매달린 키링을 만졌다. 울퉁불퉁한 게 손가락을 통해 느껴졌다. 크기가 작은데도 눈코입과 손가락까지 모두 구별될 만큼 만듦새가 정교했다.

"내가 그 오디션 프로그램을 볼 때 네 목소리에 반했거든. 기교 없이 청아해서 좋았어. 정말 반갑다. 그리고 영광이야."

"우리 콘서트에 찬물을 끼얹을 수도 있어. 사람들이 목소리로 정체를 알아채고 쟤 소문에만 관심을 가질 수 있잖아. 그러면 우리 콘서트의 의미는 사라지게 돼."

윤미가 진서노의 말을 비딱하게 받아들인 듯 투덜댔다. 내가 못마땅한 게 분명했다.

"목소리가 비슷한 사람은 많아. 매일 음원으로 들은 게 아닌 이상 구별하기 쉽지 않고. 알아챘다고 한들, 우리가 대꾸하지 않으면 뜬소문으로 끝날지도 모르지. 오히려 소문만 내는 전략을 쓴다면 콘서트가 꽤 흥행할지 몰라."

곱슬머리인 아이가 말했다. 그러나 윤미의 표정은 펴지지 않았다. 말투도 더 뾰족해졌다.

"기획사가 온다잖아. 우리가 경쟁하는 건 아니지만, 그래도 실력에 따라 평가받아야 한다고 봐. 만약 윤리온이라는 이름을 기획사가 안다면 우리 실력을 보려 하지 않을걸. 온통 재한테만 관심을 둘 테니까."

"혹시 가수가 꿈이야?"

"되면 좋지. 그러고 싶어."

진서노의 물음에 윤미는 솔직하게 대답했다. 그래서일까. 윤미가 발끈하는 모습을 이해할 수 있었다. 내가 잘못을 저지른 것도 아닌데, 새치기를 한 기분이 들었다.

"그래서 말인데, 그때 왜 사라졌어? 설마 그 소문이 진실이야? 그 소문이 진실이라면 처리는 어떻게 한 거야? 어쨌든 뭔가 손을 봤으니, 네가 이렇게 노래를 부르려고 나온 거잖아."

윤미의 질문은 무례했다. 내가 반칙을 쓴 건 아니었다. 관심을 받고 싶다면, 기회를 붙잡고 싶다면, 나를 추궁할 게 아니라 실력을 보여 주면 될 일이었다.

"윤미야, 우리는 경쟁하기보다는 즐겨야 해. 이 콘서트의 목적이 바로 그거니까. 기획사의 관심은 부차적인 거야. 그리고 기획사는 약속을 깨고 도중하차하는 걸 좋아하지 않아."

쿵. 심장이 떨어졌다. 키링을 매만지던 손을 멈추고 진서노를 봤다. 오디션 중간에 하차한 나를 비난하는 것 같았다. 섭섭했다. 그러나 진서노는 내 눈빛을 알아채지 못하는 듯했다. 진서노는 가방에서 종이를 꺼내 내밀었다. 〈유피토 진서노와 함께하는 콘서트〉의 대본이었다. 진행 순서에 따라 주고받을 이야기와 노래 부를 차례까지 모두 적혀 있었다.

"노래를 각자 두 곡씩 부르게 되어 있네."

"그렇지 않아도 이야기하려던 참이었어. 우선 좋아하는 노래를 선택해서 말해 줬으면 해. 그러면 내가 편곡을 해 볼게. 나는 이번 콘서트가 흥행했으면 좋겠어. 그러니까 우리 서로 잘해 보자. 어때?"

중3 남자아이의 말에 진서노가 대답했다. 다른 아이들도 대본을 자세히 살펴보더니 모두 흔쾌히 좋다고 말했다. 나는 문득, 길거리 공연을 하던 가수가 불렀던 노래를 떠올렸다.

*

음악 앱을 열어 길거리 공연을 하던 가수가 불렀던 옛날 노래를 재생했다. 나는 가사를 보면서 소리 내지 않고 입만 움직이며 따라 불렀다. 서정적인 곡이었다. 어떻게 꿈이 하늘에서 잠잘 수 있는 건지, 추억이 어떻게 하늘에서 잠자는 꿈과 구름을 따라 흐를 수 있는 건지, 알 수는 없었지만, 알 것 같은 노랫말이었다. 굽이굽이, 넘실넘실 흘러가는 꿈, 하늘, 추억이 평화롭게 흐르는 이미지가 너무 또렷했다. 그 감정이 내 마음에 닿았다. 나도 이런 가사를 써 보고 싶다는 생각이 들었다.

"뭐 해?"

갑자기 문이 열리면서 엄마가 들어왔다. 나는 헤드폰을 내리고는 엄마를 봤다.

"노랫소리가 들려서."

조용조용 부른다는 게 입 밖으로 새어 나왔나 보다. 엄마에게 진서노 얘기를 할지 잠깐 고민했지만, 사실대로 말하기로 했다. 내가 노래를 부른다는 것만으로 상기된 표정을 짓는 엄마를 실망하게 하고 싶지 않아서였다. 어차피 계속 비밀로 할 수도 없었다. 엄마는 프리랜서 번역가라서 늘 집에서 일하기 때문이다.

"할 말이 있어."

엄마에게 유피토와 진서노, 가사 공모전과 콘서트에 관해 빠짐없이 말했다.

"너 정말 나를 나쁜 엄마 만들래?"

엄마가 허리에 손을 올리고 물었다. 난 어리둥절했다. 예상치 못한 반응이었다.

"축하받을 일이잖아. 딸에게 좋은 일이 생겼는데 엄마가 모르고 있어야 하냐고. 네가 쓴 가사가 선택된 것도 아주 좋은 일이지만, 네가 다시 꿈을 찾아가기 시작한 거잖아. 와! 생각하니까 열받네."

"숨기려고 한 건 아니야. 그냥 엄마가 걱정할까 봐."

"진짜지? 좋은 일이니까 일단 엄마가 딱 한 번 눈감아 줄게. 그런데 그 진서노라는 학생은 믿을 만한 거야? 사기꾼일 수도 있잖아. 네 가사를 그냥 가져가 버릴 수도 있고."

"믿을 만해."

진서노가 그러지는 않을 터였다. 유피토에 증거가 남아 있으니까. 증언해 줄 사람도 있었다. 콘서트에 참여하는 아이들 모두가, 나는 그들에게, 그들은 나에게, 증인이었다. 그리고 나는 진서노에게 어떤 믿음이 있었다. 처음 본 진서노는 말끔한 인상이었다. 솔직하기도 했다. 고등학교 자퇴한 이야기를 스스럼없이 말했다. 검정고시를 봤다고 하면서 대학에도 미련이 없다고 털어놨다. 부모님이 클래식 음악 전공자인데도 자기 꿈을 응원해 준다고도 했다. 활짝 웃는 진서노의 표정이 거짓말하는 것으로 보이지 않았다. 굳이 거짓말할 이유도 없었다. 아직 유피토 안에서만 스타이긴 하지만, 소속사와 전속 계약을 앞둔 아티스트였다. 진서노가 우리에게 사기 쳐서 얻을 이익은 없었다.

"그런데 리온아."

갑자기 엄마가 표정을 바꾸며 나를 불렀다. 내 침대에 걸터앉아 물었다.

"정말 괜찮겠어?"

"피해자라는 이름에서 벗어날 거야. 후회하기도 싫고. 예전에 엄마가 헷갈릴 때는 부딪혀 보라고 했잖아. 그래야 미련이 없어진다고 했던 거 기억 안 나?"

"그랬지. 하지만 지금은 상황이 다르니까. 아 참, 모리도 아니? 다른 친구들은?"

"모리는 대충 알아. 다른 친구들에게는 말하지 않았어."

내가 무언가를 결정할 때마다 친구들에게 보고해야 하는 건가. 짜증 나는 일이었다. 엄연히 사생활이었다. 하지만 빚을 지고 있다는 느낌도 무시할 수 없었다.

"말해 줘야 하지 않을까? 좋은 일을 숨겼다는 걸 알면 나중에 배신감 느낄 텐데…."

배신감이라는 단어가 탐탁지 않았다. 그러나 친구들에게 빚을 진 나는 내가 잘 해내고 있음을 알려야 할 의무가 있었다.

"그럴게. 그리고 너무 걱정하지 마. 연습하러 갈 때나 콘서트 날 같이 가자고 모리나 해리에게 부탁할게."

*

진서노가 아는 형의 개인 연습실이라고 말한 곳은 조금 오래

된 빌라에 있었다. 주거 지역 안에 있었지만, 마을의 끄트머리에
자리한 까닭에 사람들이 그다지 지나다니지 않았다.

"여기 맞아?"

해리의 물음에 대답 대신 나는 계단을 내려갔다. 해리와 동행
한 건 엄마와의 약속 때문이었다. 괜찮다는 입찬말이 요양원 경
로잔치 때 허물어지고 나니까, 더는 내 주장을 펼 수 없었다. 괜
히 잘못되면 엄마가 진서노 콘서트에서 노래를 부르는 것마저
막을 수 있었다. 어쩔 수 없이 친구들에게 사실을 말하고 해리에
게 부탁했다. 해리가 흔쾌히 같이 와 줬다. 자기도 유피토에서 진
서노가 노래 부르는 걸 봤다면서 신기해했다.

계단을 내려가자마자 보컬 연습실이라고 적힌 문패가 보였
다. 문을 두드리자 들어오라는 목소리가 들렸다. 나는 침을 삼키
고 문을 열었다. 모두 모여 있었다. 나도 모르게 꾸벅 인사하고는
문을 닫았다. 내부는 고요했다. 방음이 잘 되는 모양이었다. 눈을
돌려 연습실을 살폈다. 자줏빛 벽지에 내 키보다 큰 스탠드 조명
세 개가 각자 위치에서 불을 밝히고 있었다.

"어서 와."

오늘도 검은색 뿔테 안경을 쓴 진서노가 말했다. 나는 아이들
이 모여 있는 곳으로 다가갔다. 그리고 해리를 가리키며 말했다.

"친구야. 서노 팬이라고 해서 데리고 왔어."

엄마와 친구들 걱정하게 하지 않으려고 함께 왔다는 말은 뺐

다. 진서노의 팬이라는 말이 그다지 틀린 건 아니니까.

해리는 꾸벅 인사를 하더니 아무 말도 하지 않았다. 못 했다는 표현이 더 정확할 듯했다. 모리 앞에서 넉살을 피우며 애정 공세를 펴던 해리가 아니었다. 한눈에도 굳어 보였다.

"반가워. 그런데 아쉽다. 내가 음반을 냈으면 사인이라도 해 줄 텐데, 해 줄 게 아무것도 없네."

"사진 찍어 주시면 되죠."

"그거야 어렵지 않지. 그리고 나한테는 존대 금지. 알았지?"

해리가 고개를 끄덕였다. 그리고 다른 아이들에게 시선을 돌리고는 자기소개를 했다.

"내 이름은 오해리야. 친구들이 장난칠 때 오해하리라고 불러."

나는 풋 하고 웃었다. 바짝 긴장했으면서 농담은. 해리는 어색한 미소를 짓고는 아이들을 돌아보며 내가 노래를 부르는 걸 보고 싶어 왔다고 이야기했다. 방해하지 않을 거고 다른 사람들의 노래를 들을 수 있어서 영광이라는 인사치레까지 곁들였다.

"스타 행세하는 거야?"

윤미가 삐뚜름하게 물었다. 그러나 윤미의 물음은 질문이 아니라 공격이었다. 나는 아니라고 말하려고 했지만, 윤미는 내 대답을 기다리지 않았다.

"내 친구 중에도 진서노 팬 있거든. 아마 다른 애들도 그럴걸.

그런데도 혼자 왔어. 진서노도 불편해할 수 있잖아. 그런 생각은 안 해 본 거니? 아니면 너 스스로 스타라고 생각해서 우리를 무시한 거야?"

생각지도 못했다. 나도 연습 중인 내 모습을 다른 사람에게 보이기 싫어했다. 완벽한 모습만 내보이고 싶었으니까. 어쩌면 가수가 되고 싶은 윤미도 나와 같은 생각을 하고 있을 터였다. 나는 변명하려고 입을 열었다. 그 순간, 해리가 먼저 말을 꺼냈다.

"내가 조른 거야. 리온이가 노래를 다시 부른다고 하니까 너무 궁금했거든."

해리의 설명에 오히려 윤미의 목소리 톤이 더 높아졌다.

"노래를 다시 부르는 게 왜 궁금한 건데? 그때 그 루머가 사실인 거야? 그래. 그런 일은 누구에게나 힘든 일이지. 하지만 모두가 함께하는 공동 작업에서 꼭 예외여야 하는 거야? 난 네 친구, 그러니까 오해하리가 내 연습을 보고 듣는 게 싫어."

"그냥 노래 좋아하는 아이들이 부르는 거잖아. 별스럽게 그러니? 너희 노래를 내가 점수 매기는 것도 아니고."

해리가 나를 변호했다. 나는 도리어 얼른 해리를 말렸다. 그냥 놔두면 감정이 더 크게 상할 게 뻔했다. 해리의 말대로 공동 작업이었고, 윤미 말대로 노래 좋아하는 아이들에게 생긴 선물 같은 이벤트였다. 윤미의 날 선 반응도 이해가 됐다. 반대로 해리가 윤미를 아니꼽게 보는 이유도 해리가 내 친구라서라는 걸 알 수 있었다.

"윤리온! 너 진짜 네가 스타라고 생각하는구나. 너한테 물었는데 왜 오해하리가 대답하는 거냐고! 오해하리가 네 매니저야? 아니지. 매니저 둘 레벨은 아니니 시녀인가 보네."

"자, 그만하고, 노래 연습부터 하자. 그냥 추억으로 끝날지도 모르는데 너무 날카로운 거 같아. 일단 즐기는 게 먼저야."

진서노의 말을 듣고서야 윤미가 입을 다물었다. 나는 연습실에 놓인 의자에 앉았다. 해리도 내 옆에 앉았다. 진서노가 얼른 건반을 두드렸다. 피아노 선율이 흘렀다. 연습실을 타고 흐르던 기류가 금세 바뀌었다. 유명한 기성곡이었다. 노래 연습은 중3 작사가가 제일 먼저 시작했다. 기성곡을 다 부르고 나서는 자신이 가사를 쓴 진서노의 곡을 연달아 불렀다. 편곡된 반주에 목소리가 덧입혀지니 색달랐다.

노래 실력은 윤미 빼고는 그저 그랬다. 교육을 받은 적이 없으니 그럴 만했다. 하지만 아이들은 마음을 담아 노래를 불렀다. 나는 아이들의 노래를 들으면서 임영웅 할머니를 떠올렸다. 노래는 위로와 공감을 주기 위한 거라는 그 말 말이다. 다시 생각해 봐도 가수도 아닌 할머니가 그걸 알고 있다는 게 신기했다. 다음 봉사활동 때 가서 물어봐야겠다고 생각했다. 그러다가 다음에 갈 수 있으려나, 하는 생각이 들었다. 마음이 무거워졌다.

"그러면 다음은 리온이가 해 볼래?"

내 차례였다. 옆에 놓인 의자에 앉았다. 반주가 시작됐다. 나는 피아노 반주 소리에 귀를 기울였다. 앞을 보니 활짝 웃으며 엄지를 척 들고 있는 해리가 보였다. 긴장이 몰려왔다. 공황과 함께 찾아오는 불안감 같았지만 달랐다. 간질거리는 두근거림이 있었다. 손에 땀이 뱄다. 미리 약을 먹고 왔지만 편안할 수는 없었다. 그래도 손에 쥔 키링이 꽤 도움이 됐다. 손 안의 키링이 내 불안을 나눠 갖는 저장 장치 같았다.

"그 사건만 아니었더라면 적어도 〈K-아이돌스타〉에서 입상했겠어. 아깝다. 스타가 됐을 수도 있었는데."

노래를 무사히 끝낸 나를 보며 진서노가 말했다. 칭찬으로 한 말이라는 걸 알았지만, 노래에 묻혀 있던 감정이 균열을 일으켰다. 진서노가 정확히 '그 사건'이라고 지칭했기 때문이다. 주변을 둘러봤다. 해리는 여전히 웃고 있었다.

사람들은 나를 둘러싼 소문이 루머가 아니라 진실이라고 믿는 걸까? 불안이 스멀스멀 연기를 피웠다. 키링을 더 꽉 쥐고 앞을 봤다. 의자에 앉아 있는 아이들을 봤다. 순간 윤미와 눈이 마주쳤다. 못마땅한 표정은 여전했다. 다리를 꼬고 팔짱을 긴 채 나를 지켜보고 있었다. 기획사가 실력이 아니라 내 이름만으로도 관심을 가질 수 있다며 싫은 내색을 숨기지 않았던 아이였다. 윤미에게 약한 모습을 보일 수 없었다. 내가 여기서 무너지면 진서노에게도 피해를 주는 거였다.

"다음 곡으로 넘어갈게."

진서노의 말에 나는 고개를 끄덕였다. 익숙한 음률이 귓가에 맴돌았다. 그날의 기억이, 온 세상을 검은빛으로 덮었던 그 시간이 머릿속을 어지럽혔다. 단조의 음악은 심장에서 출발해 혈관을 타고 몸 곳곳을 누볐다. 노래를 부르는 동안 선연한 기억들도 거센 파도가 되어 내 몸에 사정없이 부딪혔다. 파도는 상처 난 곳을 더 헤집어 나를 고통스럽게 했고, 나는 중간에 노래 부르는 걸 포기하고 싶다는 충동마저 들었다. 해리가 '괜찮아?'라고 소리 없이 입 모양으로 내게 묻는 게 보였다. 괜찮다며 웃어 줄 수 없었다. 대신 키링을 꽉 쥔 손을 풀었다. 긴장을 풀어야 노래를 부를 수 있으니까. 시원한 물 한 잔이 간절했지만, 이를 악물었다. 전주가 끝났다. 노래를 불러야 할 타이밍이었다.

어둠 속에서도 믿었어, 해가 또 떠오를 거라고

'어둠'이라는 단어에 리듬을 실었다. 마음을 리듬 위에 얹어야 자연스럽게 부를 수 있는 곡이었다. 그런데 긴장한 탓에 내 목소리에 리듬을 싣는 게 어려웠다. 어쩔 수 없이 눈을 감아 버렸다. 키링에 다시 나를 맡겼다. 피에로에게 내 불안과 긴장을 나눠 줬다. 효과가 있던 걸까. 차가웠던 손끝에 온기가 돌았다. 한 소절 두 소절 겨우겨우 이어 불렀을 뿐인데, 점점 편안해졌다. 여유가 생겼다. 눈을 떴다. 내가 시선을 둘 수 있는 유일한 곳, 해리를 봤다. 해리도 자기 가방을 꽉 쥐고 있었다. 땅속에 갇힌 피에로가 스스로 밖으로 나온 듯했다.

*

엄마는 집에 돌아온 나에게 질문을 쏟아 냈다. 분위기는 어땠는지, 불안으로 호흡 곤란이 오지는 않았는지, 못되게 구는 아이는 없었는지, 그보다 진서노가 진짜 믿을 만한지 쉬지 않고 물었다. 나는 피곤하다는 말 한마디로 엄마의 질문을 모두 막아 내고는 방으로 들어왔다. 저녁은 해리와 같이 먹고 온 터라 엄마와 더 마주할 일은 없었다. 기분이 묘했다. 문제가 있었지만 어쨌든 해냈다. 성취감과 동시에 내 안에서 끊임없이 들려오는 질문에 괴로웠다. 다른 아이들은 아무 말도 하지 않았는데도 나는 왜 스스로 피해자인 척한다고 생각하는지 그 원인이 알고 싶었다. 어쩌면 나를 못살게 구는 게 이 문제인 듯했다. 내 마음을 여기서부터 이해해야 했다. 그때 떠오른 게 상담사가 말했던 감정 일기였다.

나는 다이어리를 꺼내고 의자에 앉았다. 다이어리를 펴고 며칠 전부터 쓴 감정 단어 일기를 봤다. 첫 번째 단어는 '절망스럽다'였다. 그 옆에 상담사가 알려 준 대로 '절망스러워지고 싶다'고 적혀 있었다. 그 아래에는 '화가 난다'라고 쓰여 있었고, 그 옆에는 '화내고 싶다'라는 글자가 나란히 놓여 있었다. 또 그 아래에 '밉다'와 '미워하고 싶다'는 글자가 연이어 쓰여 있었다. '불안하다'와 '불안해지고 싶다'라는 단어도 보였고, 같은 줄에 나란히 적힌 '혼자가 되고 싶지 않다'와 '혼자가 되고 싶다'라는 문장도 적혀 있었다. 오늘 나는 '피해자이기 싫다'라는 한 줄을 추가했다. 물론 그 옆에 '피해자이고 싶다'라는 문장도 추가했다.

참 아이러니했다. '이다'와 '아니다', '싫다'와 '싶다'로 끝나는 감정 일기를 볼수록 더 수렁에 빠지는 기분이 들었다. 나는 계속 글자를 노려봤다. 절망스러워지고 싶은 사람은 없었다. 불안을 원하는 사람도 있을 리 없었다. 화를 내고 싶은 사람은 있을까. 미움은 받는 사람보다 주는 사람이 더 힘들다고 들었다. 무엇보다 난 혼자가 되고 싶지 않았다. 무대에서 내 노래를 부르며, 그걸 듣는 사람들과 함께하기를 꿈꿨다. 그런데도 나는 혼자가 되고 싶다는 문장을 적었다. 게다가 오늘 쓴 피해자가 되고 싶다는 문장은 감당하기조차 어려웠다. 상담사가 알려 준 방법대로 적은 거지만 왠지 정곡을 찔린 기분이었다. 문제는 왜 그런 생각이 드느냐였다.

"떡볶이 먹자."

밖에서 소리가 들렸다. 아무래도 엄마가 궁금함을 참지 못한 모양이었다. 떡볶이는 어떻게든 나와 대화하고야 말겠다는 엄마의 의지였다. 어쩔 수 없이 방문을 열고 나왔다. 부스럭 소리가 났다. 엄마가 비닐봉지를 풀고 있었다. 배달을 시킨 듯했다. 순대와 튀김도 있었다. 의자에 앉자 엄마는 머리를 틀어 올리더니 젓가락을 집었다. 나 역시 머리끈으로 머리를 묶었다.

"어쩐 일로 로제 떡볶이를 다 시켰어? 엄마는 기본 떡볶이 더 좋아하잖아."

"네 비위 좀 맞춰 보려고."

나는 웃지 않았다. 그냥 떡을 입에 넣었다. 부드러운 맛과 쫄깃한 식감이 입속에서 어우러졌다. 참 신기한 일이었다. 엄마와 나는 피 한 방울 섞이지 않았는데도 똑같이 떡볶이를 제일 좋아했다. 둘 다 대파가 듬뿍 들어간 쌀떡볶이를 좋아했다. 엄마와 나는 마늘을 기름에 튀기듯 볶고 난 후, 마늘 기름으로 떡을 볶아서 간장을 두른 다음 물엿을 넣은 간장 떡볶이도 아주 좋아했다.

"만두는 없어?"

"금방 해 줄게."

엄마는 내가 말을 꺼낼 때까지 기다리는 듯했다. 너무 상냥했다. 내가 만두 없냐고 물어보면, 욕심부리다가 남긴다고 핀잔을 주는 게 평소 반응이었다. 하지만 엄마는 곧장 냉동실에서 만두를 꺼내 전자레인지에 돌렸다. 땡 소리가 나자 엄마는 만두를 담은 그릇을 식탁 위에 올려놨다. 나는 만두를 집으며 말했다.

"불안하긴 했는데 잘 끝냈어. 걱정 안 해도 돼."

"또?"

"보컬 연습실도 괜찮았어. 방음 시설도 잘되어 있었고."

"그래서 어땠어?"

엄마가 묻고 싶은 진짜 질문이 이거였나 보다. 나는 엄마를 봤지만, 엄마는 시선을 식탁에 둔 채 고추튀김을 젓가락으로 집고 있었다.

"설레서 긴장된 건지, 다른 아이들이 나를 봐서 떨렸는지 모르겠지만 기분이 묘하긴 했어. 노래에 집중하기 쉽지는 않았지만 그래도 할 만했어. 내가 쓴 가사로 노래를 부를 때는 아주 조금이지만 노래에 빠지기도 했고."

하지만 그건 잠깐이었어. 중간에 음 이탈하는 실수를 해 버린 거 있지. 고음 부분도 아니고 쉬운 데서 그랬어. 그때 나도 놀라서 시선을 윤미에게 돌렸거든. 아! 보지 말걸. 한쪽 입꼬리만 올라간 윤미를 보니까 자존심이 너무 상해 도망가고 싶었어. 지금도 윤미의 표정이 콱 박혀서 지워지지 않아.

뒷말은 속으로 삼켰다. 걱정을 끼치고 싶지 않아서라기보다는 내가 잘하고 있다는 걸 엄마에게 보여 주고 싶어서였다.

"할 수 있을 거 같아?"

"반반이야."

"그럼 해… 에취!"

엄마는 말을 끝내기도 전에 재채기하더니, 연이어 기침했다. 그러고는 휴지를 뽑아 코를 킁 풀었다.

"감기 오려나 보다."

"감기약 먹고 얼른 자. 일은 내일 하고."

"안 돼. 이번 주까지 끝내야 해. 오늘 쉬면 마감을 지킬 수 없어. 엄마 먼저 일어나야겠다. 너 노래 불러야 하는데 감기 옮기면 안 되지."

엄마는 일의 우선순위를 잊어버리곤 했다. 아프면 모든 게 소용이 없다고 하면서, 막상 자기가 아프면 나 몰라라 할 때가 많았다. 손가락이 아파서 파라핀 치료를 하는 엄마를 보면서 비싸고 좋은 키보드를 사서 쓰라고 말하면 엄마는 고개만 끄덕일 뿐이었다. 내게 감기 걸리니까 옷 따뜻하게 입으라고 잔소리하면서 정작 엄마 자신은 챙기지 않았다. 지금도 그랬다.

"몸이 중요하지. 일이 중요해?"

"일이 중요해. 그리고 감기약 먹으면 졸려."

한숨이 절로 나왔다. 엄마가 빙그레 웃으면서 자리에서 일어났다.

"엄마는 딸이 짜증을 내는 게 즐거워?"

"그럴 리가. 그런데 재밌을 때도 있어."

엄마가 이상한 게 틀림없었다. 엄마는 그냥 일어서기가 아쉬웠는지 만두 하나를 더 집어 먹으면서 말했다.

"설거지 부탁해."

"알았어."

　그래도 엄마에게 마음이 반반이라고 했던 건 솔직한 심정이었다. 보컬 연습실에서 나는 끝까지 노래를 불렀지만 제대로 소화하지는 못했다. 군데군데 음이 엇나갔고 전반적인 음정 컨트롤도 불안했다. 당연히 감정이 전달될 리 없었다. 진서노는 괜찮다고 넘어갔다. 어차피 다들 프로 가수가 아니라서 사람들이 그다지 기대하지 않을 거라고 위로하면서 말이다.

　무엇보다 내가 오래간만에 노래를 불러서 제 실력이 나오지 않는 거라면서 믿음을 보여 줬다. 그러나 그걸 윤미가 고소해하는 표정으로 바라봤다. 다른 아이들의 눈치도 비슷하게 느껴졌다. 자존심이 상했다. 더 기분이 나쁜 건 집으로 돌아올 때였다. 콘서트에 나갈 아이들끼리 만들어진 단톡방에서 윤미가 대놓고 물었다.

> 오디션 프로그램 조작 심하다더니 진짜 그런가 봐?

> 말이 너무 심하잖아.

> 너도 리온이 실력 봤잖아.
> 혹시 못하는 부분만 새로 녹화한 거 아니야?

　곱슬머리 아이가 만류했지만, 윤미는 대놓고 조롱했다. 그토록 나를 싫어하는 이유는 뭘까. 콘서트에 기획사 관계자가 올지도 모른다는 이유만으로? 그래서 날 선택할지 모른다는 짐작만으로? 그런 조건만으로 생겨났다기에는 윤미의 미움이 너무 컸다. 윤미도 본인이 한 말이 진실이 아니라는 걸 알고 있을 수도 있었다. 그런데도 나를 자극하려고 애쓰는 건 그만큼 나에 대한 증오가 크다는 뜻이었다. 속이 울렁거렸다.

"오래간만에 사람들 앞에서 노래를 불러서 긴장해서 그런 거야. 일단 사람들 앞에서 네가 노래 부른 것만으로도 오늘은 충분해. 그러니까 실수한 건 잊어버려."

연습을 마치고 헤어지면서 해리는 나를 격려했다. 다른 사람은 그렇게 생각하지 않는다고 말하고 싶었지만, 윤미의 비딱함을 해리도 아니꼽게 보고 있던 터라 톡을 보여 주지 않았다. 나는 엄마와 떡볶이를 먹고 난 후에도 며칠 고민했다. 그만두겠다고 말해야 할지 아니면 끝까지 가 봐야 할지, 둘 다 자신 없었지만, 어느새 내 마음은 포기하기 싫다는 마음으로 기울어졌다.

그런 내 감정에 깜짝 놀랐다. 아무래도 〈K-아이돌스타〉에서의 내 실력을 매도당해서 생긴 오기 같았다. 그리고 '그만두고 싶다'와 '그만두고 싶지 않다' 사이에서 고민하면서 감정 일기에 썼던 글자들을 종종 떠올리기도 했다. 상반된 두 감정이 공존할 수 있음을 이때 깨달았다. 감정 일기에 적은 정반대의 문장이 어쩌면 동시에 내 안에 자리 잡을 수도 있음을 아주 조금 이해한 시간이기도 했다.

결국 나는 상담사를 찾아갔다. 이번에는 상담보다는 유피토 콘서트 이야기를 하며 나의 '반반 감정'을 설명했다.

"인간은 본능적으로 생존을 위해 산단다. 전쟁에서 살아남는 건 두려움 때문이야. 두려움 때문에 이기기 위해 더 만반의 준비를 하게 되거든. 전략과 전술을 살피고, 더 좋은 무기를 개발해 내는 거지. 결국 두려움이라는 감정이 문제를 해결하는 힘이었던 거야. 우리도 마찬가지야. 부정적 감정이 찾아오면 문제를 해결하라는 신호로 받아들이면 돼."

그때 상담사가 해 준 말이었다. 가만히 생각해 보면 지금 도망가고 싶다는 부정적 감정은 나를 보호하기 위해 생겨난 거였다. 누군가의 입방아에 오르고 싶지 않으니까. 조용히 잊히고 싶었다. 하지만 윤미를 향한 마음도 나를 보호하려는 걸까? 승리욕이 나를 망치는 게 아닐까?

"모든 감정은 우리에게 유익을 준단다. 왜 그 감정이 생겨났는지 부딪혀 보면 내 불안의 원인을 찾을 수 있어. 어쩌면 내면 아이를 찾아내는 행운도 거머쥘 수 있지. 그러면 스스로 치유할 수 있어."

혼란스러워하는 나를 위한 조언이라는 건 알지만 상담사의 말은 여전히 이해하기 어려웠다. 불안과 분노라는 부정적 감정이 나를 치유로 이끈다는 건 아무리 생각해도 받아들이기 쉽지 않았다. 하지만 나는 상담사가 말한 대로 해 보기로 했다. 부정적 감정도 유익이 있다는 그 말을 믿고 싶었다.

승리욕이 문제라면 윤미를 이길 만큼 실력을 갖추면 될 일이었다. 노래를 듣는 관객들에게 윤미보다 내가 더 잘 부른다는 평가를 받으면 끝나는 일이었다. 그렇다면 내가 할 일은 단 하나. 연습뿐이었다.

나는 자리에서 일어나 벽에 기대 배로 숨을 들이쉬고 뱉었다. 노래를 쉰 기간이 길어서인지 예전보다 호흡이 짧아졌다. 보컬 트레이닝을 받을 때 배운 지식을 총동원해서 맹연습을 했다. 어깨를 들지 않고 깊게 호흡하는 것부터 시작했다. 좋은 소리를 내려면 호흡을 잘 사용할 줄 알아야 하기 때문이다. 다행히 머릿속의 기억은 몸에도 남아 있었다. 나는 내친김에 발성 연습까지 차근차근 해 나갔다.

땀이 났다. 방에서 나가 물 한 잔을 마셨다. 엄마의 작업을 방해하는 건 아닌지 걱정이 되어 엄마 방문을 노크하고 열었다. 헤드폰을 낀 엄마가 나를 봤다.

"시끄럽지 않아?"

"ASMR 틀어 놓고 해서 괜찮아. 그리고 이 헤드폰 노이즈 캔슬링 되는 거라서 밖에서 나는 소리는 아예 안 들려."

다행이었다. 물론 시끄러웠어도 엄마는 싫은 내색을 전혀 하지 않았겠지만. 나는 가만히 엄마 얼굴을 봤다. 엄마가 헤드폰을 벗으며 물었다.

"할 말 있어?"

"알바를 해 보고 싶어."

엄마의 눈이 동그래졌다. 뜬금없는 말이었으니까. 하지만 나는 이 말을 하기까지 고민을 많이 했다. 윤리온이라는 이름을 이야기할 때마다 긴장할 수는 없으니까. 노래 연습을 시작하면서 왠지 나는 조금씩 더 세상 밖으로 나갈 수 있을 것만 같았다. 허세인지 용기인지는 아직 모르겠지만, 어쨌든 지금 심정으로는 그랬다.

"아침에 일어나서 동영상 강의 들을게. 학생으로서 해야 할 건 할게."

어두워지는 엄마의 표정을 보며 내가 말하자, 엄마는 나를 한참 가만히 보기만 했다.

*

나는 너튜브로 보컬 강의를 들으며 걸었다. 진서노가 왜 하필 병원에서 보자고 한 건지는 모르겠지만 어쨌든 우리나라에서 다섯 손가락 안에 꼽히는 대학병원 정문으로 들어섰다.

"꽤 춥지? 여기 지하에 편의점이 있거든. 거기로 가자."

마중 나온 진서노가 병원 건물로 앞서 걸어 들어섰다. 우리는 지하로 내려가 편의점에서 따뜻한 음료를 샀다. 그리고 그 옆에 놓인 빈 의자에 앉았다. 진서노가 캔 음료 뚜껑을 땄다. 탁 소리가 들렸다.

"알바는 구했어?"

"아직."

나는 어색한 미소를 지으며 대답했다.

나는 엄마에게 허락받고 나서부터 인터넷으로 여기저기 이력서를 냈다. 집 근처 편의점에 구인 공고가 붙어 있으면 거기도 지원했다. 구하기 쉽지 않을 거라고 친구들에게 들었지만 진짜 그럴 줄은 몰랐다. 매번 탈락이었다. 면접을 보러 다니면서 알게 된 건, 내가 아르바이트 경력이 전혀 없다는 게 문제가 된다는 점이었다. 오히려 내 이름을 듣고 나를 기억해 내는 사람은 단한 명도 없었다. 어디서 들어 본 이름 같다고 고개를 갸웃하는 사장님은 있었지만 나를 알아보지는 못했다. 엄마는 언제까지 숨어 지낼 수 없으니까 한번 해 보라고 하면서도, 나를 알아보는 사람들이 괜한 말을 할까 봐 걱정했다. 지금 상황을 보자면 엄마는 괜한 걱정을 한 셈이었다.

"알바를 잘 해낼 수 있을 거 같아?"

"모르겠어."

"잘 해내면 좋겠다. 잘 해낼 수 있을 거야."

진서노가 응원의 말을 건넸다. 좋은 사람이 분명했다. 무엇보다 자기 길을 흔들림 없이 나아가는 멋진 사람이었다. 나와 겨우한 살 차이인데도 너무나 달랐다.

"그런데 왜 여기서 나를 보자고 했어?"

"진짜 무대에서 노래 부르고 싶지 않아?"

"갑자기 왜 그런 말을…?"

"네가 그런 마음이 있다면 도와주고 싶어서."

무슨 말인지 알 수 없었다. 나는 대답하지 않고 음료수병을 만지작거렸다.

"내가 기획사 이야기했지? 거기서 이런저런 말을 나누다가 매니저가 내 콘서트를 조금 더 키워 보려고 그만 네 말을 해 버렸어. 그랬더니 기획사에서 관심을 보이더라. 너랑 만나고 싶다고도 하고."

당황스러웠다. 생각지도 못한 일이었다. 마음이 흔들렸다. 얼굴을 숨긴 채 노래를 부르는 일도 힘들어하면서 욕심이 났다. 하지만 금방 흔들리는 나를 붙잡았다. 윤미가 했던 말이 떠올랐다. 내가 윤리온이라는 이유만으로 자기에게 올 기회가 사라지는 게 아니냐던 그 말 말이다. 윤미가 싫었지만, 결국 그렇게 되어 버렸다. 그럴 수는 없었다. 오디션 프로그램에서 보여 준 내 실력마저 의심하던 윤미에게 빌미를 줄 수 없었다. 만약 지금, 이 제안을 받아들이면 윤미가 떠들던 말을 인정하는 꼴이 된다.

"기획사 만나는 건 아닌 거 같아."

"하기는 아직 네 상처가 아물지 않았을 테니…."

기분이 나빴다. 생각지도 못한 사람에게 받는 위로는 위로가

서서히, 조금씩, 천천히

아니라 동정으로 느껴졌다. 나는 입술을 꽉 깨물었다. 싫다는 감정을 드러내기 싫어서였다.

"그래도 한번 생각해 봤으면 해. 거기서 꽤 간곡하게 부탁했거든."

"그럴게."

진서노가 내 대답을 듣더니, 핸드폰 액정을 터치해 시간을 확인했다. 그리고 시간이 됐다면서 가자고 했다. 나도 자리에서 일어났다. 이상했다. 기획사 이야기하자고 병원에 오라는 게 말이다. 하지만 궁금증은 금방 풀렸다.

"병원에 들어설 때 봤는지 모르겠지만 여기 피아노가 있어. 매주 여기서 재능 기부하거든. 그거 네가 봤으면 해서 부른 거야."

"왜 내가 봤으면 하는데?"

"네게 위로가 될 수 있을 거 같아서. 그리고 내가 보기엔 너도 노래를 떠날 수 없는 사람 같아서. 그러니까 가사 공모전에도 자주 응모하고 콘서트도 참여하기로 했던 거 아니야?"

진서노의 말을 부정할 수도, 인정할 수도 없었다. 나는 에스컬레이터를 타는 진서노를 말없이 따라갔다. 1층 로비에 들어서자, 진서노가 앞으로 나아가더니 피아노를 향해 걷던 걸음을 멈췄다. 아직 시간이 남은 모양이었다. 진서노는 다시 말했다.

"내가 피아노 치는 모습을 보다 보면 느껴지는 게 많을 거야."

"그게 무슨 말이야?"

"여기서 피아노를 치면 주변에서 막 사람들이 몰려들 거 같지? 그런데 안 그래. 잠시 걸음을 멈추고 듣다가 금세 다시 가던 길을 가. 아예 관심 없는 사람도 많고. 그런데 나는 그게 좋더라. 내가 만든 노래를 연주하는 게 좋고, 사람들에게 들려주는 게 기뻐. 너도 나와 같은 마음을 느껴 봤으면 좋겠어. 그러면 그 무엇도 무대 위에서 노래 부르는 걸 대신할 수 없다는 걸 알 거야."

내가 진서노와 같은 마음을 느낄 수 있을까? 의심스러우면서도 그 말이 마음에 박혔다. 나는 대답 대신 진서노를 봤다. 진서노가 미소를 지어 보이더니 몸을 돌려 병원 로비 한편에 마련된 피아노를 향해 걸어갔다. 그리고 의자에 앉아 건반을 두드렸다. 피아노 선율이 울렸다. 사람들이 오가는 큰 병원인 까닭에 여전히 시끄러웠다. 피아노 선율도 주변 소음을 넘어서지는 못했다. 사람들도 잠깐 쳐다보다가 지나쳐 갔다. 자리를 잡고 연주를 듣는 이는 거의 없었다. 처음부터 의자에 앉아 있던 사람들만이 시선을 피아노로 돌렸을 뿐이었다.

도망칠 수 없는 마음

병원에서 진서노를 만난 이후, 진서노의 제안이 내 머릿속에 똬리를 틀었다. 무시하려고 애썼지만 떨쳐 낼 수 없었다. 아침에 동영상 강의 듣기, 노래 연습하기, 틈틈이 아르바이트 지원하기와 같은 일상을 보내면서도 마음은 계속 흔들렸다. 그러나 기획사와 계약한다는 건 주변에서 우려할 일이었다. 용기를 내기 어려웠다. 유피토에서 노래를 부르는 것과는 차원이 다른 이야기였다. 하지만 병원에서 피아노를 치던 진서노의 모습이 계속 나를 유혹했다. 진서노에게 시선을 두지 않았던 사람들과 즐겁게 연주하던 진서노의 표정이 머릿속에 남아 나를 흔들어 댔다. 어쩌면 사람들은 예전 일에 무심할지도 몰라. 아무리 큰 사건 사고가 나도 금방 잊히잖아. 나도 그럴 거야. 그런 생각을 하면서도 답답했다.

결국 나는 점심을 먹고서 집을 나섰다. 딱히 목적지는 없었다. 하염없이 걸었다. 그러다가 화장품 매장에 들러 구경하기도 하고, 문구점에 들어가 쓸데없이 스티커 몇 장을 사기도 했다. 그때였다. 문자 알림 소리가 들렸다. 나는 핸드폰을 열었다.

> 원래 일하던 알바생이 계속 일하겠다네. 미안해요.
> 다음에 기회가 닿으면 같이 일해요.

며칠 전에 본 편의점 아르바이트 면접 결과였다. 이게 몇 번째인지 이제는 세고 싶지 않았다. 다만 누군가에게 선택되는 일이 정말 힘든 일이라는 걸 뼈저리게 느낄 수 있었다. 잘 해낼 수 있으리라고 자신했던 건 아니지만 시작도 못 할 거라고는 예상하지 못했다.

> 알겠습니다.

답장을 보내고 나는 목적지 없이 다시 걸었다. 골목 사이를 걷기도 하고 대로변을 두리번거리기도 했다. 그러다 코인 노래방 간판이 눈에 들어왔다. 마지막으로 노래방에 가 본 게 언제였더라. 나는 충동적으로 코인 노래방에 들어갔다. 지하실 냄새가 났다. 손님이 아직은 별로 없는 모양이었다. 나는 방으로 들어가 계산을 하고 리모컨을 들었다. 삑삑거리는 노래방 반주로도 음악을 느끼기에는 충분했다.

"어젯밤에는….."

노래를 시작했다. 잔잔한 도입부를 지나 엇나가는 음정 없이 순탄하게 클라이맥스를 향해 갔다. 그동안 발성 연습한 게 효과가 있는 듯했다. 댄스곡도 찾아서 불렀다. 자리에서 일어나 혼자 춤도 췄다. 온몸에서 땀이 흘렀다. 내친김에 겉옷을 벗고 다른 노래도 불렀다. 누구의 시선도 의식하지 않고 노래를 부르는 게 얼마 만인지.

노래는 나를 거절하지 않았다. 연습한 만큼 소리가 나왔다. 노래는 고민을 잊게 해 주는 힘이 있었다. 그런데 밖으로 나오니 마음이 허했다. 채워지지 않은 무언가가 있었다. 애써 외면했지만 왜 그런지 나는 알고 있었다. 내 공허한 마음은 진짜 무대를 원하기 때문이었다.

걷다 보니 어느덧 집이었다. 집 안이 조용했다. 엄마는 오늘 출판사와 미팅 후에 친구를 만나서 늦는다고 했다. 아마 내가 잠이 든 후에 올지도 모른다. 일단 나는 방에 가서 가방을 던지고 옷을 갈아입었다. 그리고 욕실 세면대 앞에 걸린 거울을 자세히 들여다봤다. 더 바짝 다가서서 거울 속에 비친 내 모습을 바라보다가 내 눈을 들여다봤다. 눈동자에 내가 담겨 있었다. 나는 거기 담긴 내게 말을 걸었다.

너의 진짜 마음이 뭐야? 뭘 하고 싶은데? 왜 주저하는 거야? 설마 윤미 때문에? 윤리온! 그건 아니지. 오디션 프로그램에서도 친구들을 기어코 이기겠다고 팁 하나 주는 데도 인색했으면서….

생각이 여기까지 미치자 나는 거울 뒤로 멀어졌다. 내 눈동자에 비친 내가 작아져서 더는 보이지 않았다. 하지만 나는 내 마음이 향하는 곳을 알았다. 일을 저질러 버리고 싶었다. 내일의 내가 그 일을 수습할 테니까. 도망갈 길을 모두 막아 버리면 어쨌든 해야 할 테니. 나는 방에 들어가서 핸드폰을 열고 톡 앱을 열었다.

> 기획사 담당자 만날게.

전송을 눌렀다. 이제 돌이킬 수 없는 일이 됐다. 기획사 담당자와 만난다고 내가 데뷔하는 건 아니었다. 의견과 조건이 맞아야 했다. 어쩌면 유피토에서처럼 윤리온이 아니라 오리로 노래를 부를 수도 있었다. 얼굴을 드러내지 않고 활동할 수도 있었다. 엄마가 알면 상의 없이 결정했다고 혼내겠지.

톡을 들여다봤다. 1이라는 글자가 그대로였다. 바쁜가? 침대에 누워 유피토로 들어갔다. 게임도 하고, 여러 월드를 돌아다녔다. 그러다 한 번씩 진서노와의 톡방에 들어가 봤지만, 여전히 진서노는 톡을 읽지 않았다. 10시가 넘었으니 피곤해서 일찍 자겠거니 생각했다.

나는 다시 유피토에 들어가서 그동안 찍은 아바타 셀카를 봤다. 많은 친구와 벚꽃 놀이도 하고, 쇼핑도 했다. 미술관 관람도 하고, 유피토 안에 있는 학교에서 같이 놀았다. 내가 윤리온이라는 사실을 모르는 아바타 친구들과 나를 편견 없이 바라보는 사람들을 만날 수 있어서 좋았다. 그리고 내가 진서노 콘서트 무대에 오르더라도, 그들은 나를 '윤리온'이 아니라 '오리'로 알 터였다.

핸드폰을 베개 옆에 놓고 눈을 감았다. 콘서트 장면을 떠올렸다. 진서노의 연주에 맞춰 노래를 부르는 내 모습을 상상했다. 관객들 시선에 불안과 설렘이 동시에 느껴졌다. 나는 인정해야만 했다. 내가 이 설렘을 원하고 또 원하고 있다는 걸. 무대에서 느끼는 설렘이 분명 세로토닌을 만들어 줄 거라고 믿었다. 그렇다면 더는 약을 먹지 않아도 된다. 기분이 들떴다. 다시 팔을 뻗어 핸드폰을 손에 쥐었다. 진서노 월드에 있는 영상과 음악을 듣기 위해서였다. 내가 쓴 가사가 선택되던 순간의 짧은 영상도 보고 싶었다. 일단 너튜브 앱을 열고 진서노 채널에 들어갔다. 그 순간 나는 나도 모르게 침대에서 벌떡 일어났다.

없었다. 모든 영상이 사라졌다. 해킹당했나? 등줄기에서 싸늘한 기운이 느껴졌다. 얼른 유피토로 들어가 진서노 월드를 찾았다. 세상에! 게시물이 하나도 남아 있지 않았다. 뒤통수를 세게 얻어맞은 기분이었다.

> 너튜브랑 유피토 영상이 다 사라졌어. 무슨 일 있어?

앞서 보낸 톡 옆의 1도 사라지지 않은 상태였지만, 나는 전송을 눌렀다. 답답했다. 벌써 밤 11시를 넘어가고 있었다. 늦은 시간이라는 걸 알았지만 더는 1이 사라지기를 기다릴 수 없었다. 진서노에게 전화를 걸었다. 신호가 갔지만 금방 안내 음성이 들렸다. 다시 전화를 걸었지만 똑같았다. 불안감이 엄습했다. 유피토로 들어가 진서노가 콘서트를 여는 콘서트홀로 입장했다. 거기에서 놀고 있는 아바타 중 아는 아바타가 있다면 진서노에 관해 물어볼 참이었다. 콘서트홀 의자에 앉아 가만히 지켜봤다. 진서노 콘서트홀에는 아바타가 꽤 있었지만, 익숙한 닉네임은 없었다. 그들도 진서노를 잘 모르는 듯했다. 아바타들은 아무렇지 않게 피아노 앞에 앉기도 하고 뛰어다니며 놀고 있었다.

나는 방 안을 이리저리 돌아다녔다. 그러다가 책상 의자에 앉아 스탠드를 켜고 핸드폰을 뚫어지도록 쳐다봤다. 진서노를 찾을 방법이 없었다. 나는 콘서트 단톡방에 톡을 올렸다. 모두 자는 모양이었다.

도대체 진서노에게 무슨 일이 생긴 걸까. 학교에 다니지 않아

도망칠 수 없는 마음

서 학폭에 연루될 일도 없고, 부모님의 지지를 받고 있다고 했으니 집안에서 갈등이 있는 것도 아닐 터였다. 경제적으로 어려워 보이지도 않았다. 혹시 사고라도 난 걸까?

*

아이들의 웃음이 들렸다. 우리 반 남자애들이 핸드폰을 쳐다보고 있었다. 마치 나 들으라는 듯 볼륨을 크게 올렸다.

"요렇게 해 봐. 더 섹시하잖아."

"이렇게?"

"가슴도 더 내밀고."

핸드폰 안에서 들려오는 건 분명 한때 절친이었지만 전학 가고 더는 연락하지 않는 재이의 목소리였다. 나는 영상이 재생되고 있는 핸드폰을 빼앗았다. 영상 속에서 재이와 대화를 나누는 사람은 바로 나였다. 속옷만 입고 요염한 포즈를 취하는 내가 거기에 있었다. 나는 얼어붙었다. 숨을 쉴 수가 없었다.

그러다 핸드폰을 떨어뜨렸다. 그제야 정신이 들었다. 재이가 있는 반으로 뛰어갔다. 뒷문을 열고 재이를 찾았다. 재이는 다급한 나를 냉정한 눈으로 봤다.

"이상한 영상이 돌고 있어."

"그래서 뭐?"

"네 짓이야?"

"내가 왜 그런 일을 벌이겠어. 생사람 잡지 마."

재이는 발뺌했다. 그래, 설마 재이가 그랬을 리 없어.

"누가 그런 일을 했는지 짐작 가는 사람 없어?"

"내가 어떻게 알아? 그러니까 평소에 행실 좀 똑바로 하지 그랬어. 오디션 프로그램에서 너 얼마나 야했는지 모르지? 그리고 원래 연예인은 악플을 감당해야 하는 직업이라는 걸 몰라?"

재이의 차가운 말에 당황했다. 영원히 내 편일 줄 알았던, 모든 걸 공유했던 친구의 입에서 나오리라고는 상상도 할 수 없던 말이었다. 갑자기 재이가 나를 손가락으로 가리키며 웃었다. 머리를 뒤로 젖히며 큰 소리로 웃었다. 나는 손으로 귀를 틀어막았다. 그런데도 나를 비웃는 소리는 점점 더 크게 들렸다.

"으악!"

잠깐 잠이 든 모양이었다. 내가 지른 비명에 놀라서 눈을 번쩍 떴다. 거친 숨이 저절로 새어 나왔다. 나를 숨게 만든 그날의 기억은 종종 악몽으로 찾아왔다. 특히 불안할 때면 여지없이 내 숨통을 조였다. 악몽을 꿀 때마다 여전히 그때의 사건, 그때의 배신, 그때의 절망에서 벗어나지 못하고 있음을 절감해야만 했다.

그 일은 내 잘못이 아니었다. 절친이었던 재이가 나 몰래 내 노트북에 해킹 파일을 심어 놓으면서 생긴 문제였다. 재이는 메일을 확인해야 한다고 내 노트북을 빌리더니 미리 준비한 해킹 파일을 실행해 뒀던 거였다. 나는 노트북 캠이 작동하는 줄도 모르고 재이가 선물해 준 속옷을 입고 내 방에서 돌아다녔다. 재이는 나를 보면서 요염한 포즈를 취해 보라고 부추겼다. 나는 재이가 장난치는 거라고 여겼다. 그러나 해킹 프로그램은 작동하고 있었고 노트북 캠을 통해 내 모습을 재이의 전 남자 친구 진욱이가 실시간으로 지켜보며 녹화하고 있었다. 그리고 얼마 되지 않아 그 영상은 우리 반 단톡방에 퍼졌다.

내가 그 영상을 내 눈으로 목격하던 그날, 뜨거운 피가 순식간에 얼어붙을 수 있다는 걸 처음 알았다. 나중에 모리에게서 "재이도 진욱에게서 협박을 받았대. 재이도 영상이 있었던 모양이더라. 그걸 지우려면 네 영상을 찍어 오라고 했나 봐"라는 말을 전해 들었다. 재이도 피해자였다는 말에 놀랐지만, 재이를 용서할 수는 없었다. 그 상황을 이해하지 못하는 건 아니지만, 받아들일 수는 없었다. 내게는 너무 큰 상처였다. 나는 그 일 이후로 그 누구도 믿을 수가 없었다. 친구라는 자리를 내어 주는 것도 두려웠다.

시계를 봤다. 새벽 4시가 가까워지고 있었다. 나는 핸드폰을 열었다. 진서노는 여전히 톡을 확인하지 않은 채였지만, 콘서트 단톡방에 새 글이 올라와 있었다. 얼른 톡방을 열었다. 단톡방에 올라온 영상을 보자마자 나는 외마디 비명을 질렀다. 악몽으로 불안했던 마음에 불안이 더 커졌다. 숨을 들이마시고 눈을 부릅떴다. 손발이 떨렸다. 보고도 믿을 수 없는 영상이었다. 바들바들

떨면서 침대에서 겨우 일어나 책상 앞으로 갔다. 손을 뻗어 책상 위에 놓아둔 약통을 집어 뚜껑을 열려고 힘을 줬다. 손이 미끄러워 열리지 않았다. 더 힘을 주자 바닥에 약통이 떨어졌다. 손이 시린데도 땀이 났다. 약통을 가슴에 안고 뚜껑을 겨우 돌려 열었다. 얼른 약을 집어삼켰다. 그리고 다시 톡을 봤다. 모두 잠을 자는지 톡 옆에 적힌 숫자가 겨우 하나만 줄어든 상태였다.

*

뜬눈으로 아침을 맞았다. 한겨울의 아침 7시는 어두웠다. 나는 고민 끝에 다섯 친구가 모여 있는 단톡방을 두드렸다.

일어난 사람 있어?

전송을 누르자마자 괜히 올렸다는 생각이 들었다. 진서노 이야기를 친구들에게 한다면 나를 가엾게 여기고 동정하겠지. 부담을 주고 싶지 않았다. 다행히 4라는 숫자가 그대로였다. 아무도 보지 않았다는 뜻이었다. 얼른 지웠다. 그러나 그대로 있을 수는 없었다. 양치와 세수만 하고 패딩을 입었다.

"아침 안 먹니?"

"급한 일이 생겼어."

"무슨 급한 일?"

"갔다 와서 말할게."

엄마에게 짧게 대꾸하고 집을 나섰다. 겨울 아침은 꽤 추웠다. 출근 시간이라 거리는 사람들로 붐볐다. 지하철역으로 내려가다가 움찔했다. 이제 지하철을 탈 수 있게 됐지만 어디까지나 사람이 적을 때였다. 나는 머뭇거렸다. 줄을 설 엄두가 나지 않았다. 나는 계단 난간에 바짝 붙어 서서 지나가는 사람들을 쳐다봤다. 전화벨이 울린 건 그때였다. 모리였다.

"무슨 일 있어?"

아직 잠이 덜 깬 듯 목소리가 잠겨 있었다. 지워진 톡을 보고 전화한 모양이었다. 나는 설명할 말이 떠오르지 않아 침묵했다.

"이상한 영상이 도는 거라도 봤어?"

모리는 촉이 좋은 걸까? 아니면 그냥 짚어 본 걸까? 나는 여전히 할 말을 찾지 못해 가만히 있었다.

"너 퇴원할 때, 내가 항상 네 편이 되어 주겠다고 했던 말 기억하지?"

맞다. 모리가 그런 말을 한 적이 있었다. 솔직히 지금까지 나는 그 말을 믿을 수가 없었다. 항상 내 편이라도 믿었던 재이도 내게 몹쓸 짓을 했는데…. 하지만 모리는 적어도 유출된 영상과 사진을 찾아 주고 지워 주는 데에는 진심이었다. 그리고 지금 가장 나를 도와줄 수 있는 사람은 모리일지도 몰랐다. 나는 내 말을 누가 듣지 못하도록 지하철 벽에 바짝 붙어서 이야기했다.

"어젯밤에 진서노 콘서트 단톡방에 한 아이가 진서노의 알몸 영상을 올렸어."

나는 유피토에서 알게 된 친구 중 진서노를 아는 아이에게 메시지를 보내서 진서노 소식을 물었고, 그중 몇 명이 진서노 영상을 받았다는 걸 알게 됐다고 설명했다.

"혹시 나올 수 있어?"

"어디로 가면 돼?"

"내가 위치를 링크로 보내 줄게. 거기로 와."

"알았어."

나는 전화를 끊고 모리에게 톡으로 보컬 연습실 위치를 보냈다. 그리고 고개를 들었다. 지하철이 계속 들어왔다. 오가는 사람들은 줄었지만, 지하철을 타기에는 사람이 많았다. 다시 계단을 올라가 밖으로 나가 버스를 탔다. 그래도 헤드폰은 껴야 했다. 지하철만큼은 아니지만, 사람들이 많았기 때문이다. 손잡이를 잡고 창밖을 보면서 이를 꽉 물었다. 내가 좋아하는 애니메이션 주제곡을 틀었다. 나도 애니메이션 속 주인공처럼 진서노를 지켜 줄 수 있을까? 내게 왜 진서노를 지켜 주려고 하는 거냐고 묻는다면 최애라서라는 답 말고는 딱히 대답하기 어려웠다.

버스에서 내리자마자 참았던 숨을 토해 냈다. 헐떡거리는 숨이 잦아들 때까지 허리를 굽혀 숨을 내몰아 쉬었다. 호흡을 가라앉히고 보컬 연습실로 향했다. 빌라 지하에 도착해 벨을 눌렀다.

대답은 없었다.

"저기요, 안에 아무도 없어요?"

인기척이 없었지만 문을 두드리는 걸 멈출 수가 없었다. 진서노를 찾을 수 있는 곳은 여기뿐이었다. 나는 대답하지 않는 문을 계속 두드렸다.

"서너 시쯤 돼야 사람들이 나타나던데."

집요하게 문을 두드리는 소리가 듣기 싫었는지 여자 목소리가 들렸다. 소리가 나는 곳으로 고개를 돌렸다. 단발머리의 아주머니였다. 아주머니는 카디건을 입고 어깨를 움츠린 채 나를 보고 있었다.

"1층에 살거든. 뭔 일이 있어?"

"혹시 여기 사는 사람 연락처 없으세요?"

"내가 그 집 주인이라면 모를까. 내가 가지고 있을 리가 없지."

"그러면 집주인 전화번호는 알려 주실 수 있으세요?"

지푸라기라도 잡아야 했다. 나는 계단을 올라가 빌라 현관 앞에 서서 아주머니에게 간절하게 말했다.

"그건 좀 그렇네. 개인 정보잖아."

"주인분에게 좀 여쭤봐 주시면 안 될까요? 제 전화번호를 드릴게요."

"내가 학생을 뭘 믿고?"

"진서노 때문에 연락드렸다고 하면 알 거예요."

아주머니는 대답하지 않았다. 망설이는 게 분명했다. 나는 간곡하게 부탁했다. 지금 동아줄은 아주머니뿐이었다.

"친구가 연락되지 않아서요. 너무 불안하고 걱정이 돼요."

"그 친구 이름이 진서노?"

나는 대답 대신 고개를 끄덕였다. 그러자 아주머니는 카디건을 바짝 앞으로 여미며, 잠깐 고민하는 표정을 지었다.

"요 앞 빌라 뒤에 샌드위치 가게가 있어. 거기는 아침부터 문을 여니까, 거기서 기다릴래? 내가 주인에게 연락해 볼게."

"고맙습니다."

샌드위치 가게에는 손님이 없었다. 곧 도착할 모리 몫까지 샌드위치와 우유를 주문하고 자리에 앉았다. 친구들 단톡방에 나를 걱정하는 톡이 몇 개나 와 있었다. 그걸 보니 긴장이 풀려 와락 눈물이 날 듯했다.

> 그냥. 다들 언제 일어나나 궁금해서.

뭐야? 괜히 쫄았잖아.

혹시 밤새웠어?

수석이와 해리였다. 나는 애써 실없는 얘기를 하다가 바쁘다며 대화에서 빠졌다. 속 시원하게 말하기가 어려웠기 때문이다.

"주문하신 샌드위치와 우유 나왔습니다."

자리에서 일어나 데스크에 올려진 쟁반을 들고 자리로 돌아와 앉았다. 그때 다시 핸드폰 벨이 울렸다. 안 봐도 모리가 틀림없었다. 나는 통화 버튼을 누르고, 모리에게 샌드위치 가게로 오라고 말했다. 모리는 1분도 안 돼서 카페 문을 열고 들어섰다.

"연락은 됐어?"

모리는 들어서자마자 물었다. 숨이 거칠었다. 뛰어온 모양이었다. 나는 고개를 가로저었다.

"아침 안 먹었지? 먹어."

모리에게 의연한 모습을 보여 주고 싶다는 마음에 애써 여유로운 척 말했다. 모리는 목이 말랐는지 우유부터 마셨다. 나는 진서노의 일을 자세히 설명했다. 모리의 표정이 점점 더 굳어졌다.

*

연습실에서 보컬 트레이너를 만나지 못했다. 불안한 마음으로 집으로 돌아왔다. 문을 열자마자 엄마는 내게 무슨 일인지 꼬치꼬치 물었다. 엄마에게 상황을 대충 설명했다.

"그냥 모른 척해."

"알면서 어떻게 그래."

"왜 엄마 속을 썩이려고 그래. 네 마음이 어떤지 알겠는데, 이번에는 너 마음 다칠까 봐 안절부절못하는 엄마 생각해 주면 안 돼? 네가 괜한 일에 엮이는 게 싫어. 그냥 너만 빠지면 되는 일이야. 다른 사람 일에 간섭하지 마."

멈칫하고 엄마를 봤다. 이 상황에서 엄마를 왜 생각해야 하는 걸까? 진짜 모녀 사이라면, 지금 내 심정을 엄마가 더 헤아려 줘야 하는 거 아닌가? 하고 싶은 말을 삼키며 방문을 열었다.

"들어갈게."

"대답하고 들어가."

"생각해 볼게."

나는 문을 닫아 버렸다.

> 혹시 진서노를 개인적으로 아시는 분 없으세요?

콘서트 단톡방에 들어가 톡을 올렸다. 이렇게라도 진서노의 행적을 찾아야만 했다. 모두 톡을 읽었지만 아무도 답을 하지 않았다. 싸한 기분이 들었다. 진서노에 대해 궁금해하거나 콘서트가 어떻게 될지 걱정하는 사람이 아무도 없다는 게 섭섭했다. 뭐라도 해야 했다. 잠시 핸드폰을 노려보다가 진서노에게 톡을 보냈다.

> 전화 줘.

> 피싱 당한 거야?

진서노가 확인하지 않는다는 걸 알면서도 계속 톡을 보냈다. 옆에 누군가가 있다는 걸 알려 주고 싶어서였다. 여전히 숫자 1은 사라지지 않았다.

그런 영상을 스스로 유포할 사람은 없으니 피싱이라고 거의 확신했다. 생각이 여기에 미치자 겪어 본 사람만이 알 수 있는 외로움과 두려움이 느껴졌다. 그 마음을 잘 아는 만큼 진서노가 걱정됐다. 집을 안다면 지금 당장 찾아갈 텐데….

띵. 생각을 깨우려는 듯 알림음이 들렸다. 정신을 차리고 핸드폰을 봤다. 콘서트 단톡방에 있던 열아홉 살 언니가 나에게 개인적으로 보낸 톡이었다.

> 진서노를 개인적으로 아는 유피토 아바타를 알아.

> 알려 줄 수 있어요?

> 피드에 링크 걸어 둘게.

> 고마워요. 그런데 혹시 진서노 찾는 일 도와주실 수 없을까요?

> 안됐지만 내키지 않아.

> 피해자인데도요?

> 굳이 나서고 싶지 않아.

콘서트 단톡방에 있는 아이들의 마음이 아마 다 이렇지 않을까 싶었다. 설득하기를 포기하고 언니가 알려 준 사람에게 연락처와 함께 메시지를 남겼다. 내 SNS와 연동이 된다는 걸 알고 있었지만 상관없었다. 프로필 사진을 올리지 않아서 내가 윤리온이라는 걸 알려면 한참 전 게시물까지 봐야 할 테니까. 나는 이번에는 친구들 단톡방으로 들어갔다.

할 말 있어.

톡을 보냈다. 빠르게 숫자가 사라졌다.

해.

현준이가 대답했다. 막상 말하라고 하자 어디서부터 말을 꺼내야 할지 몰랐다. 그래도 해야만 했다. 진서노를 찾는 게 나 혼자 할 수 없는 일이라는 걸 깨달았기 때문이었다. 차근차근 진서노에 관해 설명했다. 자판을 아무리 빨리 눌러도 상황을 글로 이야기하는 데에는 시간이 걸렸다.

식겁했네.

해리였다. 내가 연루됐을까 봐 놀랐던 모양이다. 나는 말을 에두르지 않고 직접 말했다.

> 도와줘.

> 진서노를 도와 달라는 거야?

현준이가 물었다.

> 응.

> 왜 우리가 나서서 진서노를 도와야 하는데?
> 그래. 차라리 경찰에 신고해야지.
> 우리가 할 수 있는 일이라는 게 뭐가 있겠어?

수석이와 현준이가 연달아 말했다. 나는 서둘러서 자판을 눌렀다.

> 진서노가 직접 유포한 게 아니잖아. 피해자라고!

> 맞아. 피해자겠지. 그런데 나는 진서노를 몰라.
> 알지도 못하는 사람까지 도울 여유는 없어.

현준이의 말도 틀리지 않았다. 내가 만약 진서노와 같은 경험을 하지 않았다면 현준이와 비슷한 말을 했을 터였다. 친구들에게는 내가 오지랖을 부리는 걸로 보일 수도 있었다. 진서노에 대해 아는 것도 없는 내가 나서는 게 과하다고 여기는 게 어쩌면 당연했다. 하지만 나는 묻고 싶었다.

> 최수성! 너 더는 방관하지 않겠다며?
> 방관자도 가해자와 같다고 했잖아.

> 현준이 너도 그랬잖아. 영상에서 나를 봤을 때,
> 다른 영상 속 지인들의 감정을 이해했다고.

나는 자판을 계속 눌렀다.

> 해리 너도 나한테 사과했잖아. 아이들이
> 수군거릴 때 너도 그 루머를 즐겼다면서 말이야.

> 그건 너니까 그렇지. 내 친구 윤리온에게 방관자였다는
> 말이었어. 내가 세상을 어떻게 모두 구하겠어?
> 어른들도 못 하는 일인데….

친구인 나는 도울 수 있지만 다른 사람은 안 된다고? 나를 친구라고 생각한 건 맞아? 나한테 미안한 마음을 덮으려고 붙인 말 아니야? 그렇다면 지금 더더욱 날 도와야 하는 거 아니야? 설마 나한테는 이미 다 용서받았다고 생각하는 거야? 나는 용서한 적이 없는데. 어이가 없었다.

> 리온아, 근데 조금 이상한 게 있어. 왜 너한테는
> 그 영상을 안 보낸 걸까? 다른 애들은 받았다며.

모리의 톡을 보면서 나도 이상하다는 생각이 들었다. 그러나 나는 대답 대신 다른 아이들에게 다시 물었다.

> 정말 안 도와줄 거야?

> 나는 거절.

> 나도 더는 이런 일에 엮이고 싶지 않아.

해리와 현준이가 차례로 거절했다. 나는 화면을 뚫어지게 쳐다봤다.

> 그걸 어떻게 찾아? 괜히 고생하지 마라. 그리고 너도
> 이런 일에 연루되면 힘들어질 거야. 겨우 회복했는데.

내가 회복했다고? 수석이의 말에 코웃음이 났다. 그렇게 믿고 싶었던 거겠지. 그래야 죄책감이 줄 테니까. 결국 친구들이 내 편에 서 줬던 건 그때 나를 돕지 않았다는 죄책감 때문임이 틀림없었다. 만약 내가 베란다에서 떨어져 죽으려 하지 않았다면, 뻔뻔하게 학교에 다녔다면, 피폐한 채로 만신창이가 된 내 모습을

봐 줬을까? 나는 친구들을 향해 속으로 쏘아붙였다. 정말 물어보고 싶은데, 물어서는 안 될 말 같았다. 두려웠다. 침묵이 이어졌다. 단톡방에 어떤 말도 올라오지 않았다. 다른 방법을 찾아야 했다. 그런데 그때 유피토 메시지 하나가 왔다.

서노를 알아.

다른 정보가 없는데도 진서노를 안다는 그 간결한 문장에서 희망이 보이는 듯했다.

*

진서노가 산다는 동네는 붉은 벽돌 다세대 주택이 빽빽이 서 있는 곳이었다. 2층 높이 전봇대 전선도 훤히 내다보였다. 나는 그 동네를 무턱대고 찾아갔다. 지금도 거기 살고 있을지는 모른다고 했지만, 지푸라기라도 잡는 심정으로 그곳을 배회했다. 곳곳에 '골목 폐쇄'와 '무단침입 금지'라는 푯말이 보였다. 재개발 구역이라서 그런 모양이었다. 분위기가 스산했다. 나는 처음 눈에 보이는 가게로 들어갔다. 채소를 파는 가게였다.

"안녕하세요. 이 동네에 사는 진서노라는 학생 혹시 아시나요?"

"모르는데."

"할머니와 남자 고등학생 단둘이 사는데, 혹시 떠오르는 집 없으세요?"

진서노를 안다는 아이의 말에 따르면 진서노의 집안이 아버지의 병원비 때문에 기울었다고 했다. 아버지가 돌아가시자 어머니는 재혼했고, 진서노는 결국 할머니와 단둘이 살게 됐다는 말도 전했다. 진서노와 같은 학교에 다녔던 그 아이의 엄마는 진서노 아버지를 담당한 간호사였다고 했다. 부모님이 음악 전공자라던 진서노의 말은 거짓이었다. 부유하다고 말한 적은 없지만 넉넉한 가정에서 자란 것처럼 보였던 것도 허세였다. 하지만 화가 나지는 않았다. 나 같아도 솔직히 말하지 못했을 테니까. 심지어 진서노는 나와 동갑이었다.

"할머니 혼자 사시는 분은 있는데, 남학생과 함께 사는 할머니는 기억에 없어."

채소 가게 아주머니가 심드렁하게 대답했다. 나는 좀 더 꼬치꼬치 물어볼 요량으로 입술을 달싹였다. 그러나 마침 들어온 손님 때문에 더는 대화할 수 없었다. 나는 밖으로 나와 동네를 걸었다. 혹시 진서노를 우연이라도 만날지 모른다는 생각이 들어서였다. 동네 PC방도 뒤졌지만 뒷모습이 비슷한 사람조차 없었다. 다시 밖으로 나와 걷고 또 걸었다. 골목이 보이면 모두 들어가 보기도 했지만, 역시 헛수고였다.

결국 돌아가야만 했다. 마을버스 정류장을 향해 걷는 도중에도 아쉬운 마음에 자꾸 뒤를 돌아봤다. 정류장에 도착하고서도 마을버스를 바로 타지 못했다. 정류장에 서서 오가는 사람을 계속 지켜보다가 서너 대의 마을버스를 보내고 난 후에야, 어쩔 수 없이 버스를 탔다. 빈자리에 앉아서 창밖을 봤다. 마을버스의 동선은 올 때와 조금 달랐다.

"어디야?"

마을버스에 내려서 지하철역 계단을 내려가던 중에 모리에게 전화가 왔다.

"진서노가 산다는 동네에 왔어. 이제 가려고."

"집으로 갈 거야?"

"보컬 연습실이 3시쯤 문을 연다니까 거기 가 볼 생각이야."

"샌드위치 가게에서 기다려. 같이 가"

모리의 말에 나는 알았다고 대답했다. 모리가 함께한다고 생각하니 안심이 됐다.

보컬 연습실 근처 골목길로 들어서자, 국밥 냄새가 났다. 지난번에도 맡았던 냄새였다. 그제야 점심을 먹지 않았다는 걸 깨달았다. 나는 빠르게 걸어 샌드위치 가게로 가서 주문하고 앉았다. 그리고 톡 앱을 열었다. 진서노와의 대화창에 1이라는 숫자가 그대로였다. 도대체 왜 연락이 안 되는 걸까? 입이 바싹바싹 말랐다. 주문한 샌드위치가 나왔지만 먹히질 않았다.

모리는 예상보다 빨리 샌드위치 가게의 문을 열었다. 모리를 보자 조금 안정감이 느껴졌다. 문득 모리에 대해 궁금해졌다. 왜 모리는 다른 친구와 다른 건지, 다른 친구들은 모두 내 도움 요청을 거절했는데, 모리는 왜 한달음에 뛰어온 건지, 어쩌면 모리도 내가 느끼는 공포감을 느끼고 있을지도 모른다는 생각이 들었다. 내가 세상을 떠나기 위해 베란다에 나가기 전에 모리도 톡을 계속 보냈으니까. 그때 나도 톡을 보지 않았다. 생각이 여기에 미치자, 내가 지금 느끼는 감정을 모리는 알고 있겠다는 확신이 들었다.

"너는 1이라는 숫자를 어떻게 생각해?"

내 앞에서 콜라를 마시는 모리를 향해 뜬금없이 질문을 던졌다. 모리는 나와 시선을 마주치지 않은 채 대답했다.

"별로 좋은 숫자는 아니야."

내 마음에서 쿵 하고 무언가가 떨어졌다. 모리도 1의 의미를 알고 있다고 확신했지만, 막상 확인하니까 심장이 철렁 내려앉았다. 그와 동시에 왜 그런 질문을 하냐고 되묻지도 않는 모리에게 미안하기까지 했다. 모리가 1의 공포를 알고 있는 건 모두 나 때문이니까. 내가 아니었다면 겪지 않을 1의 트라우마였다. 1은 조바심이 나는 숫자이자 별의별 상상을 불러일으키는 기호였다. 심지어 나락으로 떨어질지 모른다는 불안을 키우며 공포에 떨게 만드는 숫자이기도 했다. 적어도 내게, 그리고 모리에게 1은 그런 숫자였다.

"그래서 무서워."

나도 모르게 속마음이 툭 튀어나왔다. 모리는 나를 빤히 보더니, 샌드위치를 손에서 내려놓으며 대답했다.

"흔적은 흔적일 뿐이야. 아무 일도 일어나지 않을 거야."

"너는 왜 다른 친구들과 달라? 너도 진서노와 상관없잖아."

"네가 진서노와 상관있잖아. 네가 진서노를 모른 척하지 못하잖아."

내가 진서노를 모른 척하지 못하는 게 모리가 나를 도와주는 이유라고? 이해하기가 어려웠다. 모리는 내 생각을 읽은 듯 이어서 말했다.

"진욱이가 네 영상을 단톡방에서 돌려볼 때, 그 녀석 얼굴에 주먹을 날리지 못했던 걸 후회해. 만약 내가 그때 나섰더라면 너는 어쩌면 베란다에 나가지 않았을 거야. 그래서 그래. 너는 진서노를 보면서 너를 떠올리고 있잖아. 힘이 되어 주고 싶은 거잖아. 나도 네게 힘이 되어 주고 싶은 거야. 그때는 못 했지만, 지금이라도 해 주고 싶어. 항상 네 편이 되는 친구가 있다는 걸 말해 주고 싶어. 더는 혼자 모든 걸 감당하지 않게 해 주고 싶어."

내 안에서 부끄러움이 밀려왔다. 나는 모리를 계속 오해하고 있었다. 모리도 죄책감으로 내 친구가 되어 준다고 생각했다. 내 편이 되어 주겠다는 그 말이 죄책감에서 비롯된 줄만 알았다. 어쩌면 모리는 부단히 행동으로 말하고 있었는데 내가 알아차리지 못했던 건 아닐까. 진욱이가 범인이라는 걸 알아낸 것도 모리였고, 재이가 내 노트북에 해킹 프로그램을 심었다는 걸 찾아낸 것도 모리였다. 선생님도, 경찰도 외면한 내 고통을 외면하지 않고 똑바로 마주한 사람도 바로 내 눈앞에 앉아 있는 모리였다. 미안해졌다. 죄책감이 드는 건 친구들의 몫이라고, 그래서 모두가 나를 배려하고 나에게 잘해 주는 건 당연하다고 생각한 적도 있었다. 못난 생각이었다. 아프다는 핑계로 마주하기 싫은 진실이었다. 나는 진심을 담아서 모리에게 말했다.

"정말 고마워."

"어? 뭐가?"

"그냥. 다."

모리는 쑥스러운지 머리를 긁적였다.

*

다행히 보컬 트레이너로부터 연락이 왔다. 우리는 보컬 연습실을 여는 시간에 맞춰 갔다. 보컬 트레이너가 연습실을 정리하는 중이었다. 보컬 트레이너는 나를 보더니 인상을 찌푸렸다.

"들어와라."

나와 모리는 구석에 놓인 테이블 의자에 앉았다. 히터를 틀었는지 내부가 좀 더웠다. 나는 패딩을 벗어 무릎 위에 올려놓으면서 말했다.

"이상한 영상이 유포된 건 아시죠?"

"그런 거 같더라."

보컬 트레이너는 의자에 등을 기대고는 나를 한 번 쳐다봤다. 귀찮다는 얼굴이었다.

"전화 한번 해 주세요. 매니저도 하신다면서요. 제 전화는 받지 않아서 그래요."

보컬 트레이너는 스피커폰을 켜고 진서노에게 전화를 걸었다. 곧 전화를 받지 못한다는 안내 음성이 들렸다. 나는 다급하게 물었다.

"진서노 혹시 어디에 사는지 아세요?"

"호들갑 떨지 마. 괜찮아."

"괜찮은데 전화를 받지 않을 리가 없잖아요."

"귀찮으니까 안 받는 거겠지. 유포된 영상 보고 확인 전화하는 사람이 한둘이겠니?"

"두려워서 안 받는 거예요."

경험에서 나온 말이었다. 내 영상이 유포되었다는 걸 알고부터, 나는 핸드폰 벨 소리가 무서웠다. 아름다운 노랫소리가 비명처럼 들렸다. 벨 소리가 나를 덮칠 것만 같았다.

"네가 경험해 보니까 그렇든?"

나는 눈이 커졌다. 처음에 나를 보고 네가 윤리온이냐고 물을 때와는 다른 말투였다. 올라간 보컬 트레이너의 광대가 나를 비웃는 것처럼 보였다. 몸이 목각 인형이라도 된 듯 뻣뻣해졌다.

"서노가 콘서트 연습할 때, 네가 갑자기 숨을 제대로 쉬지 못해서 걱정했다고 하더라. 그러면서 그 일이 트라우마로 남아서 네가 마음고생하는 거 같다고 했지."

죽으려고 했어요. 마음고생이라는 단어에 그때 내 심정을 다 담아낼 수 없다고요! 그러니까 지금 진서노가 위험해요! 그렇게 소리 지르고 싶었다. 하지만 어쩐지 트레이너의 태도가 이상하게 느껴져 입을 다물었다.

"서노 걱정은 그만하고 돌아가 봐. 너도 멀쩡하잖아. 그리고 서노도 멀쩡해. 쪽팔려서 숨는 거야. 쪽팔릴 짓을 한 것도 사실이고. 솔직히 그거 할 때는 즐겼을 거 아냐. 영상 본 사람들이 조금 놀린다고 해서 어떻게 되지는 않을 거야. 너를 봐. 너도 쪽팔렸던 것뿐이잖아. 그러니까 지금 학교도 다니고 놀기도 하고 그러는 거 아니야?"

"어른이 어떻게 그런 말을 해요?"

모리가 소리를 질렀다. 같이 오길 잘했다는 생각이 드는 순간이었다. 나는 화만 날 뿐 기가 막혀 보컬 트레이너 말을 되받아칠 단어가 떠오르지 않았기 때문이다. 심지어 내 영상을 유포했던 진욱이가 내게 빈정거리던 것이 떠올라 호흡하기도 힘들었다.

"가슴골이 다 보이는 옷을 입고 엉덩이를 흔들며 노래를 부르니까 그러는 거잖아. 그리고 이거 합성한 거라서 너 아니잖아. 우리는 그냥 재미있으려고 합성한 것뿐이고. 그러니까 상관하지 말고 네 볼일이나 봐."

진욱이가 했던 그 말이 생생하게 귓속에서 재생됐다. 나는 키링을 손아귀에 넣고 부서질 듯 꽉 쥐었다. 손바닥이 얼얼했다.

진욱이에게 이 말을 들었을 때, 따지지 못했다. 오히려 정말 내 행동거지가 잘못된 줄 알았다. 나는 재이에게 달려갔다. 비록 한쪽 팔밖에 보이지 않았지만, 유포된 영상에는 분명 재이가 있었다. 어떻게 둘만 아는 이 상황이 영상으로 찍히게 된 것인지 물어야 했다. 그러나 재이는 발뺌했다. 나를 비난하는 말도 서슴지 않았다.

"네가 평소에 행동 똑바로 했으면 이런 일이 생겼겠어? 자꾸 흘리고 다니니까 남자애들이 너한테 그러는 거지. 처신 똑바로 해. 네가 여지를 주고 꼬리를 치니까 건드렸겠지. 안 그래?"

보컬 트레이너에게서 나를 구렁텅이로 빠뜨린 진욱이와 재이가 보였다. 분명 진서노의 매니저 역할을 한다고 하지 않나. 매니저라면 누구보다 진서노를 걱정해야 할 텐데…. 그러나 보컬 트레이너는 도리어 우리를 나무랐다.

"너희가 이럴수록 서노가 더 곤란해지니까. 그냥 돌아가."

"경찰에 신고할래요."

"뭐?"

모리의 말에 보컬 트레이너 얼굴이 단박에 굳었다. 나도 모리의 말을 거들었다.

"모리야. 예전에 나 도와주셨던 분이 김상현 형사님이라고 그랬지? 그 사이버 수사대 소속 형사님. 그분에게 도와 달라고 하는 건 어때?"

"아무래도 그래야 할 거 같아."

모리는 내 말의 의도를 알아채고 자리에서 일어나며 대답했다. 나도 따라 일어나 연습실 문을 열었다. 보컬 트레이너가 문까지 따라왔다. 굳은 얼굴이 어느새 풀려 있었다. 내 거짓말이 안 통한 모양이었다.

"너희도 서노처럼 허언증이 있구나. 아무리 형사랑 친분이 있다고 한들 이 정도 일에 사이버 수사대까지 나서겠어? 그리고 윤리온. 너가 지금 나서면 네 영상 다시 유포될 수 있어. 영상을 소장한 사람이 아예 없다고 할 수 없으니까. 아, 협박하는 건 아니야. 내가 고딩을 협박해서 얻을 건 없잖니?"

어지러웠다. 피가 마르는 기분이었다. 내가 놓은 덫에 내가 걸린 기분이었다. 모리가 내 손을 잡았다. 나도 키링 대신 모리의 손을 잡았다. 내 편이 옆에 있다는 생각이 들었다. 불안이 점점 걷혔다.

"점심은 챙겨 먹었어?"

집에 들어서자마자 들리는 엄마의 목소리가 냉랭했다.

"먹었어."

"진서노라는 애는 어떻게 됐어?"

"연락이 안 돼. 증발해 버린 거 같아."

"그럼 그만해. 충분히 할 만큼 했어."

충분하다는 기준이 뭘까? 나는 멀뚱히 엄마를 봤다.

"내 딸 상처 덧나는 거 싫어. 지금까지도 너무 아팠어. 더 아
파하는 꼴은 못 봐."

"진서노도 나와 같은 선택을 할지도 몰라."

"그렇지 않을 수도 있잖아. 무엇보다 그건 걔가 감당할 몫이
야."

진서노의 몫이라는 말에 귀에서 유리창이 깨지는 소리가 들
리는 듯했다. 그러면 과거에 내가 겪은 일은 내가 감당할 몫이라
는 말인가. 엄마가 어떻게 이렇게 말하지. 나도 모르게 찍힌 사진
때문에, 내 허락 없이 딥페이크로 합성된 영상으로, 내가 그동안
얼마나 참담한 일을 겪었는지 엄마가 모르지 않는데 말이다. 나
는 내게 찾아온 큰 기회를 어떻게든 움켜쥐어 보려고 성형도 고
민했고 이름도 바꿀까 고심하기도 했다. 그러나 어느 순간 다 부
질없다는 걸 알았다. 그래서 베란다로 나갔다. 나를 괴롭히는 수

많은 비웃음과 모멸감을 한꺼번에 털어 낼 방법은 그뿐이었기 때문이다.

"엄마에게 실망이야."

"천 번 만 번 네가 실망한다 해도, 네가 그만둔다면 다 괜찮아. 나는 내 딸을 다시는 그런 구렁텅이에 빠지게 하지 않을 거야. 그 근처에도 가지 못하게 막을 수 있다면 막을 거고. 사람들이 욕한다고 해도 괜찮아. 그 욕 아무렇지 않아."

엄마 말을 더는 듣고 싶지 않았다. 방으로 들어와서 문을 잠그고는 노트북을 열었다. 유피토로 들어가 진서노의 흔적을 찾았다. 아직 유피토는 잠잠했다. 모리가 몸캠피싱은 지인부터 유포된다고 했지만 안심하긴 일렀다. 불안한 마음에 손톱을 뜯으며 차근차근 다른 피드를 돌아다녔다.

그런데 그때, 진서노에게서 톡이 왔다. 나는 떨리는 손으로 화면의 글을 읽기 시작했다.

> 오리 님. 아니, 윤리온.
> 같이 잘해 보고 싶었는데, 이렇게 되어 버렸네. 우선은 고맙다는 말부터 전해야 할 것 같아. 내 영상을 봤을 텐데도 손을 내밀어 준 사람은 너뿐이었어. 아마 너도 비슷한 경험을 해 봐서 그런 것일 수도 있지만. 아픈 기억이 떠올라 모른 척할 수도 있는데 나를 도우려고 애써 줘서 고마워. 그동안 너무 지옥 같았어. 지금도 나락에서 싸우고 있지만, 아마 곧 끝날 거라고 봐.

곧 끝난다고? 가슴이 철렁 내려앉는 기분이었다.

> 왜 이런 일이 벌어졌는지 굳이 설명하지 않을래. 너는 누군가에
> 의해 영상이 유출된 진짜 피해자이지만, 나는 자의적 피해자라서
> 내 편이 되어 줄 사람은 없을 거 같으니까. 그러니까 더는 나를
> 걱정하지 마. 지금 나는 나를 벌주고 있으니까. 중요한 건, 너야.
> 너도 위험에 빠질 수 있어. 오늘도 보컬 연습실에 왔다 갔다고
> 들었어.

진서노와 연락이 안 된다는 트레이너의 말은 거짓이었다. 도
대체 트레이너는 왜 진서노를 걱정하지 않는 걸까. 그게 이상했다.

> 그만 찾아와. 더는 나를 찾지 마. 영상을 보낸 사람은 트레이너
> 형이야. 이건 형과 내 문제이니까. 네가 나서면 다쳐. 내가 널
> 보호하려고 한 게 헛수고가 돼.

범인이 그 사람이라고? 그리고 진서노가 날 보호하려고 했다
고? 나는 고개를 갸웃했다.

형이 너를 기획사에 소개해서 네 매니저가 되고 싶어 했어. 지금으로선 나보다 네 몸값이 높을 테니까. 그래서 자꾸 네게 말해 보라고 하더라. 내가 병원에서 네 의향을 물은 적 있지? 사실 그때 마음이 편치 않았어. 기획사에 들어가서 활동하려면 너는 너의 상처를 가십거리처럼 이야기해야 했을 거야. 아무리 내가 거짓말쟁이지만 그건 못 하겠더라. 그걸 홍보 수단으로 삼으려는 형의 의도를 알게 되니 더더욱 그럴 수 없었어. 그러니까 가만히 있어. 모른 척해. 형은 내가 너를 보호하려는 걸 알고 경고 의미로 내 영상을 몇 명에게 유포한 거야. 내가 잘못 나서면 영상이 더 퍼질 수도 있어. 그리고 트레이너 형 노트북에는 과거 네 영상이 있었어. 형 말로는 모든 사이트에서 거의 지워져서 찾아보기 어려운 희귀 파일이라고 했어. 내가 믿지 않으니까 딥페이크 합성 영상 하나를 톡으로 보내 주더라. 무심코 눌렀다가 얼마나 놀랐던지. 아무튼 지금 중요한 건, 네가 계속 나를 찾아다니면 네 영상을 재유포하겠다고 했어.

온 세상이 하얗게 변했다. 내 영상이 다시 떠돌아다닌다고 생각하니 몸이 얼어 버릴 것 같았다. 그런데 진서노는 왜 나를 위해서 이렇게까지 하는 걸까? 그 생각을 하니 아찔했던 정신이 금방 제자리로 돌아왔다. 눈앞이 흐리지도 떨리지도 않았다. 약을 먹지 않았는데….

문밖에서 텔레비전 소리가 들렸다. 막겠다는 엄마의 말이 이 기적이기는 해도 나를 안심시키는 걸까. 보컬 트레이너의 말에 떠는 내 손을 잡아 주던 모리도 떠올랐다. 그 순간 번뜩 예전에 모리가 해 준 말이 가슴을 쳤다.

"힘들어도 예전의 너로 돌아오려고 애써 줬으면 좋겠어. 아마 현준이도 그걸 바랄 거야. 수석이도 네 편인 거 알지? 우리 반에서 네 영상이 돌 때, 그러지 말라고 말했던 유일한 사람이 수석이였잖아."

나는 숨을 가다듬고 스크롤을 내렸다.

> 솔직히 내 코가 석 자라 이런 톡을 보내는 게 쓸데없이 느껴지지만, 네가 날 찾고 있다길래 연락한 거야. 그리고 〈K-아이돌스타〉에서 너를 응원하던 팬으로서 네가 잘되기를 바라서 한 일이 의미가 없어지지 않기를 바라는 마음에서도 네가 더는 이 일에 엮이지 않았으면 해. 아 참, 트레이너 형이 너와 함께 온 애가 거짓말하는 거 같다면서도 신경 쓰는 눈치였어. 형사 이야기를 꺼냈다며? 제발 형을 자극하지 마. 나도 더 힘들어져. 너도 마찬가지고. 그건 원하지 않아.

다이어리를 펴서 감정 일기를 들여다봤다. 내가 적어 둔 글을 읽었다. 그러나 여전히 불분명했다. 그때 다시 핸드폰이 울렸다.

> 고맙다. 안녕.

진서노의 메시지는 이게 끝이었다. 가만히 앉아 있을 수 없었다. 살려 달라는 뜻이었다. 구해 달라는 의미였다. 정말 죽고 싶었다면, 나를 걱정하면서 이런 톡을 보낼 이유가 없었다. 그날, 베란다에 올라섰을 때까지는 그다지 두렵지 않았다. 실감이 나지 않았다. 왠지 나를 구해 줄 누가 아래서 기다리는 것만 같았다. 하지만 다리를 창밖으로 내디디자 달랐다. 허공이 내 몸을 감싸자 죽음이 느껴졌다. 죽기 싫었다. 살고 싶었다. 내가 피해자인데, 내가 죽어야 하는 게 억울했다. 나도 모르게 그 순간 나무에 손을 뻗었다. 그러나 그뿐이었다. 내가 잡은 건 나뭇가지였다. 작고 힘이 없어 의지할 수 없었다. 툭 소리가 들렸고, 그대로 나는 바닥에 떨어지면서 정신을 잃었다.

진서노를 찾아야 했다. 시간이 지날수록 궁지에 몰리게 된다. 내가 디지털 성범죄 피해자를 모두 구할 수는 없지만, 내 옆에 있는 친구는 구할 수 있었다. 내게 다시 노래를 부를 기회를 준 친구였다. 내가 아직 노래를 사랑하고 있다는 걸 깨닫게 도와주고, 용기를 내도록 힘이 돼 준 사람이었다. 나도 진서노의 편이 되어 줘야 했다. 내 최애를 구해야만 했다. 더는 겁이 나지 않았다. 내게는 엄마도 있고 친구도 네 명이나 있다. 문을 열고 나왔다. 엄마가 나를 봤다. 눈물을 흘리는 나를 보며 엄마가 물었다.

"왜 그래?"

"진서노를 찾아야 해."

"그 정도면 됐어! 그만해!"

"죽어. 죽는다고! 어떻게 그래? 엄마도 나를 외면했던 친구들 때문에 속상했잖아. 모리가 나를 외면했으면 어쩔 뻔했어?"

엄마에게 악을 쓰며 소리 질렀다. 지금까지 엄마에게 화를 낸 적은 있지만, 버럭버럭 대꾸해 본 적은 없었다. 내 절박함이 엄마에게 닿길 바랐다.

"진서노가 잘못되면 내가 어떻게 살아? 죽는 날까지 죄인이 되어야 해. 엄마는 딸이 그래도 괜찮아?"

"너 왜 그래? 엄마에게 왜 이렇게 못된 말을 하는 거야?"

"엄마에게 못된 말 하는 게 어때서? 엄마 딸이니까 그러는 거지."

그 말은 진심이었다. 내가 친엄마를 찾고 싶어 했지만, 엄마도 진짜 내 엄마였다. 그걸 모르지 않았다. 내 마음속에서 미운 마음 하나가 지금까지 나를 꾀어내 의심하게 한 거였다.

*

엄마에게 악을 쓰고 난 후 나는 동네 공원에 앉아서 유피토 콘서트 단톡방에 들어갔다. 이미 두 사람은 나간 상태였다. 개인 톡으로 나간 이유를 묻자, 진서노와 엮이고 싶지 않다고 대답했다. 나는 남은 아이들에게 진서노가 정말 위험하다고 설명했다. 그러나 남은 둘도 톡방에서 나간 아이들처럼 이 일에 엮이기를 꺼렸다. 답답했다. 그나마 다행이라면 윤미가 내 전화를 받았다. 내가 볼 수 있냐고 묻자, 자신이 있는 곳으로 오라고 했다.

"청소년 문화의 집에서 마을 방송국 DJ를 하거든. 지금 회의 중인데 네가 여기 도착할 때쯤이면 회의가 끝날 거 같아."

나는 곧장 출발했다. 겨울 밤바람이 차가웠다. 공원에서 두 블록 떨어진 청소년 문화의 집 앞에 금세 도착했다.

"여기야."

윤미가 손을 올렸다. 컵라면을 먹고 있었다. 나는 윤미 옆으로 갔다.

"회의 때문에 저녁을 못 먹었어. 괜찮지?"

라면을 먹는 윤미를 보며 나는 고개를 끄덕였다. 윤미가 이어서 말했다.

"내 꿈이 영상과 관련된 일을 하는 거야. 뭘 하고 싶은지 아직 결정하지 못해서 여기서 활동 중이거든. 우리끼리 콘텐츠를 만들어서 라디오를 진행하는데 엄청 재미있어. 지난번에는 청소년 고민 상담 콘텐츠를 했고, 이번에는 음악 리뷰를 할 거야. 이야기가 길어져서 배고파 죽는 줄 알았네."

윤미는 즐거워 보였다. 지금까지 본 중에 가장 친절했다. 감정에 충실한 아이구나, 생각했다.

"너도 진서노 영상을 받았어?"

"아니."

윤미는 그다지 표정 변화가 없었다. 심각해 보이지도 않았다.

"진서노가 연락이 안 돼. 같이 찾아보면 안 될까?"

"왜 그래야 하는데? 찾으면 그다음 뭘 하려고?"

국물을 후루룩 마시면서 묻는 윤미에게 서노의 목숨이 위험하다고 대답하면서도 질문에 대한 답은 피했다. 사실 나도 거기까지는 깊이 생각해 보지 않았다. 윤미가 이어서 물었다.

"설마 콘서트에 미련이 있었던 거니? 〈K-아이돌스타〉에서의 실패를 만회하려는 건 아니고?"

나는 단호히 아니라고 대답하지 못했다. 대답하지 못하는 나를 나도 이해하기 어려웠다. 그때 윤미가 다시 물었다.

"혹시 네게만 기획사에 소개해 주겠다거나 그런 약속한 건 아니지? 그러지 않고서야 네가 이토록 열심히 찾아다닐 이유가 없을 거 같아서."

"어?"

난 정말 순수하게 진서노만을 걱정했던 걸까. 정곡을 찔린 기분이었다. 윤미는 내 당혹감을 알았는지 컵라면을 먹던 젓가락을 내려놓으며 말했다.

"너도 살았잖아."

참 독한 아이였다. 말을 돌려 하지 않았다. 내게 왜 이토록 억한 심정을 갖고 있는 걸까.

"내가 잘못한 거라도 있니?"

"나도 그 오디션 프로그램 나갔어. 예선 탈락했지만."

"그게 내 잘못인 거야?"

"그럼. 누구에게는 간절한 기회인데, 너는 너무 가볍게 버렸잖아. 너는 충분히 억울함을 알릴 수 있었어. 그런 영상과 사진을 유포하는 게 얼마나 큰 잘못인지 말할 수 있었어. 조금만 용기를 내면 될 일이었지. 그런데 너는 안 하더라. 내게는 소망이었던 기회를 뻥 차고 가장 후진 방법을 선택했잖아. 그래서 처음 카페에서 네가 윤리온이라고 말할 때부터 재수가 없었어. 그 일 때문에 모두 안타까워하면서 너를 배려하지 못해서 안달이었지. 데뷔할 때 지금 스토리를 써먹으면 대중이 동정심으로라도 네게 관심을 주지 않겠어? 세상에서 내가 제일 싫어하는 게 동정으로 사람들의 관심을 끄는 부류거든."

윤미의 말이 내 심장을 콕콕 찔러 댔다. 그렇게 틀린 말은 아니었다. 그런데 윤미의 말이 이상하게 좋았다. 나도 모르게 귀를 기울였다. 나를 보며 쩔쩔매던 친구들이나 엄마와는 달랐다. 친구들이 나를 동정한 걸까? 그건 아닌 듯했다. 엄마가 딸을 동정하지는 않는다. 하지만 이웃과 경비 아저씨는 아니었다. 그들이 내게 보내는 시선은 동정이었다.

"솔직히 네가 진서노 찾으려고 하는 것도 별로야. 막말로 돈을 주면 무마되는 일이잖아. 얼굴도 알려지지 않은 마당에 다른 아바타 만들고 가명을 쓰면 아무도 몰라. 지금처럼 유피토에서 콘서트를 할 수도 있어. 물론 네가 안타까운 건 있지. 하지만 피해자라고 해서 모두 너처럼 옆에서 떠받들진 않아. 그날 온 오해하리라는 네 친구만 해도 그래. 아주 네 보호자처럼 널 챙기더라. 그렇게 약해 빠진 네가 진서노를 찾아서 뭘 하겠다는 건데?"

윤미의 말대로 진서노를 찾으면 뭘 할 수 있는 걸까? 찾기만 하면 끝인가? 그보다, 나는 지금까지 더는 피해자로 살지 않으려고 여기까지 온 게 아니었나? 그런데 윤미의 이야기를 들어 보니 나는 여태 피해자라는 틀 안에 갇혀 있었다. 기획사에서 나를 만나고 싶어 한다는 이야기도 솔직하게 꺼내지 못했다. 내가 내 과거를 무기로 노래를 시작하려는 거라는 윤미의 말을 대번에 부정할 수 없었기 때문이다.

내면 아이

나는 생각 끝에 책상 의자에 앉아 노트북을 열었다. 피해자에서 벗어나 윤리온으로 살아가려면 행동해야 했다. 진서노에게 네 편이 여기에 있다는 걸 알려 줘야 했다. 나는 과거의 그날 이후로 들어가지 않았던 페인트그램에 들어가 글을 올렸다.

> 오랜만이죠. 리온입니다. 잘 지내셨나요? 저는 그동안 잘 지내지 못했습니다. 세상이 두려웠습니다. 사람들이 미웠습니다. 영원히 숨고 싶었어요. 하지만 제가 돌아온 건 사람을 찾기 위해서입니다. 유피토에서 활동하는 작곡가 진서노입니다. 갑자기 연락이 안 돼서 걱정이에요. 지금은 자퇴했지만, 해율고등학교를 다녔다고 합니다. 무언가를 아는 분들은 댓글이나 메시지로 알려 주시면 고맙겠습니다.

유피토로 메시지를 보낸 아이가 진서노가 다녔던 학교를 말해 줬기에 게시글에 좀 더 정보를 넣을 수 있었다. 반응은 즉각적이었다. 곧장 페인트그램 댓글이 달렸다는 알림이 울렸다. 그와 동시에 영상통화도 걸려 왔다. 통화 표시를 눌렀다. 수석이와 해리, 모리의 얼굴이 보였다. 해리가 말했다.

"현준이는 과외 시간인 거 같아서 초대 안 했어."

"할 말 있어?"

"페인트그램 봤어. 결국 진서노 일에 관여할 생각이야?"

"응."

나는 머뭇거리지 않고 바로 대답했다. 친구들이 말려도 해야 하는 일이니까.

"나쁜 년."

"그래 해리 말대로 넌 나쁜 년이야."

수석이가 해리의 욕에 동조했다. 도와 달라고 한 것도 아닌데…. 당혹스러웠다. 그러나 흥분하지 않고 차분하게 대답했다.

"말이 지나치다."

"아니. 너는 일부러 우리에게 죄책감을 느끼게 하는 거 같아. 페인트그램에 올라온 글을 보면 사람들은 그때 일을 다시 말하기 시작할 거야. 내가 보고 싶지 않아도, 내가 듣지 않으려고 해도, 보고 들어야 해. 그러면 너를 방조했던 그 시간으로 나도 돌아갈 수밖에 없어. 지금까지 죄책감으로 네게 미안해하며 나름

대로 최선을 다해 너를 위해 주려고 했어. 그러면 네가 아무 일도 일어나지 않았던 때로 돌아갈 거라고 믿어서였어. 네가 다시 웃을 거라고 기대하기도 했고. 근데 이게 뭐야. 다시 원점부터 시작인 거잖아. 그동안의 내 노력이 모두 수포가 되어 버렸어. 솔직히 나도 지쳐. 언제까지 네 눈치를 봐야 해?"

수석이의 말은 충격적이었다. 그동안 우리는 내가 생각했던 사이가 아니었나 보다. 그러나 이어진 해리의 말에 비하면 수석이의 토로는 약한 수준이었다.

"이러다 네가 해코지라도 당하면? 그러면 우리 또 미안해해야 하는 거야? 난 가끔 네가 그날의 일을 무기 삼아 우리를 벌주는 거 같아."

내가 친구들을 감정적으로 괴롭힌다고는 한 번도 생각해 보지 않았다. 내 눈치를 보고 있다는 것도 몰랐다. 어디서 어긋난 걸까. 내 상처가 너무 커서 친구들의 마음을 헤아리지 못했던 걸까. 친구들이 나를 보는 눈빛을 단 한 번도 깊이 왜 생각해 보지 않았던 걸까. 인터넷에 떠다니던 과거의 흔적은 지워졌다. 내 마음속 흔적만 남았을 뿐이었다. 친구들은 그걸 지워 보려고 무던히 애썼다. 모르지 않았다. 다만 나는 친구들이 당연히 죄책감을 느껴야 한다고 여겼던 걸지도 몰랐다.

"리온아, 진서노 사진 구할 수 있으면 구해 봐. 아, 그리고 전화번호도 알려 줘."

"어? 어."

모리는 친구들의 비난에 아랑곳하지 않고, 제 할 말만 했다. 해리와 수석이의 토로를 듣고 난 뒤라 모리의 말이 뜻밖이었다.

"모리 너도 그래. 리온이 말이라면 뭐든지 다 들어주는 거 그만해. 너도 할 만큼 다 했잖아."

"할 만큼 다 했다는 기준이 뭔데?"

"뭐?"

평소 말이 없던 모리가 반격하듯 묻자 타박했던 해리가 짧게 되묻고는 입을 닫았다. 나도 놀랐다. 모리는 내 말도 잘 들어줬지만, 해리의 이야기도 뭐든지 받아 줬기 때문이다.

"누군가 연락을 받지 않을 때, 그 마음이 어떤지 알아? 응답을 기다리며 하염없이 핸드폰을 보는 심정은? 불안해. 무서워. 미칠 것 같아. 목을 졸라매는 기분이야. 그 마음이 짐작이 가? 리온이는 아마 지금 그럴 거야. 나는 그 마음을 정말 잘 알아. 온몸이 덜덜 떨려. 숨을 쉴 수가 없어. 고통스럽다고. 그걸 너희들이 아냐고?"

모리가 토하듯 말을 쏟아 냈다. 우리 모두 깜짝 놀랐다. 평소 감정을 드러내지 않는 모리였기에 그랬다. 모리에게 미안했다. 그동안 나만 아프다고 징징대며 고슴도치처럼 가시를 세웠다는 생각이 들었다. 나로 인해 모리가 겪었던 감정의 너울이 엄청났다는 걸 이제야 깨달았다. 그때 그 일이 나만 아프게 했던 게 아님을 받아들여야 했다.

"너희가 내 옆에 있었다는 거, 솔직히 잊고 있었어. 너희도 내 옆에서 아프고 힘들었다는 것까지 헤아리지 못했어."

내 말에 친구들은 말이 없었다. 고개를 다른 곳으로 돌리고 있었다. 나는 다시 용기를 내어 간절하게 부탁했다.

"너희가 도와주면 좋겠어. 만약 진서노가 잘못되면 나도 너희처럼 살아야 하잖아. 부탁해."

"그러면 약속 하나 해."

"무슨 약속?"

"진서노 일이 끝나면, 예전의 너로 돌아오려고 노력하겠다고 말이야."

내 눈을 보면서 해리가 말했다. 나는 고개를 끄덕였다. 진짜 그럴 생각이었다.

*

친구들도 진서노의 행방에 대해 알아봐 주기 시작했다. 중학교 동창 중 해율고등학교에 간 친구들에게 물어봐 주겠다고 했다. 모리도 바삐 움직였다. 이런 일에 관한 전문가인 만큼 모리의 움직임은 남달랐다. 단톡방에 모리가 톡을 올렸다.

너희 여기에 가서 신고 버튼 눌러.

모리가 링크 하나를 공유했다. 페인트그램 링크였다. 들어가 보니 비키니를 입은 사진을 쭉 올려놓은 계정이었다. 나는 짧은 시간 안에 진서노를 피싱한 사람을 찾아낸 모리가 신기해서 물었다.

> 어떻게 알아냈어?

> 이 사람인지 아닌지는 몰라. 다만 진서노가 댓글을 달았더라고.

> 진서노 댓글은 어떻게 찾았는데?

> 네가 준 진서노 사진으로 이미지 검색을 했지.
> 사진을 찾아보니 아이디가 나오고 그 아이디를
> 바탕으로 찾아보다가 그 댓글을 보게 된 거야.

> 대박이다!

> 우리가 다음 할 일은 뭐야?

나는 모리에게 다시 물으면서 픽 웃음이 났다. 지난번에 모리가 쏘아붙였는데도 아랑곳하지 않고 모리의 말에 대박이라고 반응하는 해리 때문이었다. 나는 대화창을 가만히 봤다. 우리가 주고받는 톡 옆의 1이 여전히 사라지지 않았다. 현준이가 아직 보지 않은 듯했다. 단톡방의 1과 개인 톡의 1의 느낌이 이렇게 다르다니. 1명이 아직 읽지 않아서 불안하기보다는, 4명이 함께라서 든든했다.

나중에 알려 줄게. 가 볼 데가 있어.
우선 이것부터 해 줘. 나중에 연락할게.

모리는 마지막 내 물음에 대답하고는 더는 말하지 않았다. 곧바로 어딘가 가는 모양이었다. 그 이후로 계속되는 대화에 모리는 참여하지 않았다. 나도 헤드폰을 챙긴 후 옷을 입고 집을 나섰다. 다시 진서노를 찾아볼 생각이었다.

진서노가 사는 동네로 가기 위해 버스를 탔다. 지하철에 사람이 많을 거 같아서 일부러 피했다. 다행히 버스 정류장에 도착하자마자 환승 정류장까지 갈 버스가 도착했다. 버스에 올라탔다. 빈자리가 없어서 버스 뒤쪽으로 가서 손잡이를 잡고 섰다. 버스가 출발하자 나는 생각에 빠졌다.

진서노는 나에게 마지막 메시지를 보낸 후, 다시는 톡을 보내지 않았다. 읽지도 않았다. 모리 말대로 핸드폰 자체가 해킹됐다면, 그 핸드폰으로 연락하거나 문자를 보내는 등 모든 것을 해킹한 사람이 보고 있을 거라고 말했다. 그래서 핸드폰을 사용하지 않는지도 모른다고 했다. 나는 핸드폰을 꺼내서 진서노의 톡을 다시 읽어 내려갔다. 이상한 게 있었다. 진서노는 자신을 두고 '자의적 피해자'라고 했다. 자의적 피해자라는 말을 이해하기 어려웠다. 그런 영상을 찍었다고 해도, 영상을 유포하는 건 범죄였다. 두 사람만의 은밀한 행위는 두 사람만 공유해야 한다. 생각해 보니 그 말만 이상한 건 아니었다. 진서노의 태도도 이해할 수 없었다. 진서노에게서 온 톡에서는 진서노가 자신의 영상을 유포하고 협박하는 보컬 트레이너를 걱정한다고 느껴졌다. 착각일까?

끼익. 갑자기 버스가 급하게 브레이크를 밟았다. 나는 휘청였다. 몸의 반동을 견디지 못해 손이 손잡이에서 멀어졌다. 결국 앞으로 굴렀다. 창피했다. 그나마 두꺼운 패딩 점퍼를 입어서 그리 아프지는 않았다.

"학생 괜찮아?"

한 아주머니가 나에게 와서 물었고, 운전기사는 문을 열고 버스에서 내렸다. 밖에서 시끄러운 소리가 들렸다. 추돌 사고가 난 모양이었다. 운전기사는 사고 차량 운전자와 언성을 높여 싸웠다. 승객들이 슬금슬금 일어나 버스 밖으로 나갔다. 나도 버스에서 내려 그다음 버스 정류장을 향해 걸었다. 뭔가 일이 꼬인 기분이 들어 짜증이 치솟았다. 그때 핸드폰에 메시지 하나가 떴다. 현준이가 보낸 거였다. 진서노 집 주소였다. 나는 깜짝 놀랐다. 현준이는 남 일에 관심이 없다고 여겼기 때문이다.

내 친구가 진서노 중학교 동창이더라고. 네 페인트그램
친구이기도 하고. 그래서 네가 진서노 찾는 걸 알았대.
내가 물어보니까 말해 주더라.

그제야 나는 친구들의 마음을 오롯이 느낄 수 있었다. 봉사활
동에 굳이 나를 끼워 준 현준이의 마음도 지금에야 깨달았다. 나
도 가만히 있을 수 없었다. 기운이 났다. 올라오던 짜증을 던져
버리고 택시를 잡아 진서노 동네 교차로에 있는 채소 가게 앞에
서 내렸다. 그리고 지도 앱을 열고 주소를 넣었다. 골목골목을 지
나 진서노의 집 앞에 다다랐다. 나는 고개를 들어 건물을 쳐다봤
다. 3층 다세대 주택이었다. 밖으로 계단이 나 있어서 쉽게 접근
할 수 있었지만, 진서노의 집이 몇 층인지는 알 수 없었다. 나는
그 앞에서 기다렸다. 건물에서 사람이 나왔다. 할머니였다.

"여기 진서노라는 학생이 몇 층에 사는지 아세요?"

"모르는 학생인데…."

할머니는 지나쳐 지나갔다. 하기는 인사하고 지내지 않는다
면 모를 만도 했다. 나 역시 우리 집 앞집에 누가 사는지 모르는
데…. 나는 그 앞에 서서 계속 기다렸다. 날씨가 더 쌀쌀해졌다.
점점 그림자가 길게 늘어졌다. 골목에 햇빛이 사라졌다. 귀가 얼
얼해져 헤드폰을 꼈다. 추운 게 조금 누그러졌다. 나는 계속 그
건물 앞을 서성였다. 좀 전에 봤던 할머니가 다시 집으로 돌아왔

다. 할머니는 나를 한 번 보더니, 아무 말도 하지 않고 들어갔다. 별의별 생각이 들었다. 극단적 시나리오만 머릿속에서 그려졌다. 아닐 거라고 나를 다독였지만, 마음이 진정되지 않았다.

"서노 있니? 진서노!"

나는 문 앞에서 소리를 질렀다. 누구 하나 창문을 열고 내다보는 이가 없었다. 겨울인 탓에 문을 꽁꽁 닫아서 그런 듯했다. 여러 번 진서노의 이름을 불렀다. 진서노가 한 번쯤은 들을 만했지만, 밖으로 나와 쳐다보는 사람은 없었다. 어쩌면 집에 없을 수 있었다. 그래도 신이 나를 불쌍히 여기기는 하는 모양이었다. 어둑해질 때쯤 기다림에 답이 왔다. 진서노가 나왔다. 검은색 뿔테 안경을 쓴 모습도 그대로였다.

"진서노!"

나도 모르게 이름을 불렀다. 진서노가 나를 봤다.

"누구?"

골목이 어두웠는지 진서노는 나를 바로 알아보지 못했다.

"나 윤리온."

진서노의 눈이 커지더니 금방 얼굴을 굳혔다. 나는 물었다.

"계속 불렀는데, 못 들었어?"

"잤어."

"그렇구나. 이야기 좀 할 수 있어?"

"그날 톡으로 한 말이 전부야. 할 말 없어."

진서노는 나를 피하려는지 대문을 열며 집으로 들어가려고 했다. 다급한 목소리로 내가 외쳤다.

"할 말이 있어도 못 하는 건 아니고? 내 친구가 그러던데, 네 핸드폰이 해킹 프로그램으로 감시당하고 있을 거라고."

"상관하지 마. 내 일이야."

"상관할 거야."

진서노가 나를 어이없다는 표정으로 봤다. 심지어 따지듯이 내게 물었다.

"네가 뭔데?"

"난 네 팬이니까. 그리고 네가 유피토에서 연주해 준 곡이 나를 위로해 줬으니까. 너도 그랬잖아. 내 팬이어서 내가 중간에 하차한 게 안타까웠다고. 그래서 내가 기획사와 계약하지 못하도록 막았잖아. 나도 네 팬으로서 똑같이 하려고."

진심이었다. 솔직히 유피토에서의 인연만으로 진서노를 돕겠다는 건 오지랖이었다. 그러나 진서노가 열어 준 유피토 콘서트는 나의 조그마한 숨구멍이었다. 노래에 대한 열망의 불씨를 완전히 꺼지지 않게 보관해 준 창고였다.

"그건 네 사정이고. 돌아가."

"할머니께라도 말씀드리자."

"혼자 살아. 할머니 돌아가신 지 1년 됐어. 병원 재능 기부도 할머니 입원하면서 인연이 된 거였어."

말문이 막혔다. 진서노는 혼자 그동안 어떻게 살았던 걸까.

"핸드폰을 새로 개통하는 건 어때?"

"저기, 미성년자가 핸드폰 개통하려면 보호자가 필요하다는 거 몰라?"

"그러면 보컬 트레이너라도 신고하자. 그러면 다 괜찮아질 거야."

도무지 이해가 안 되는 대목이었다. 범인을 아는데도 진서노는 행동하지 않았다.

"싫어."

진서노의 그 말 한마디에 나는 경직됐다. 망치로 머리를 한대 얻어맞은 기분마저 들었다.

"네가 어렵다면 내가 신고할게. 네 영상이 콘서트 단톡방에 올라왔었거든. 너는 그냥 그 사람이 범인이라고만 말하면 돼."

"싫다고! 트레이너 형은 내게 특별한 사람이야. 집안이 풍비박산 났을 때, 내가 작곡을 계속하도록 연습실을 빌려줬고, 유피토를 해 보라고 권해 준 사람이거든. 할머니 돌아가실 때 내 옆에 있어 준 유일한 사람이기도 하고. 나는 그런 사람을 배신할 수 없어. 형이 왜 변했는지 모르지만, 분명 이유가 있을 거야."

"이대로 영상이 유포되면 네 꿈을 이어 나가기 힘들어져. 네 편이 되어 줄게. 도와줄게. 혼자 해결할 수 없을 거야."

"방법이 없어. 그냥 돌아가."

진서노에게 보컬 트레이너는 중요한 사람인 듯했다. 하지만 지금까지 진서노에게 친절을 베풀었으면서 왜 갑자기 변한 걸까. 방법이 있기는 한 걸까.

"어쩔 생각인데?"

"지난번에 내가 했던 말 기억나지? 사람들은 시간이 지나면 잊을 거라는 말 말이야. 나는 그때까지 기다릴 거야."

진서노는 그 말을 남기고는 다시 건물로 돌아갔다. 그런데 위층이 아니라 아래층으로 내려갔다. 진서노는 반지하에 살고 있었다. 솔직히 진서노의 행동을 이해할 수 없었다. 하지만 반지하를 보지 않았던 나를 떠올리며, 어쩌면 내가 모르는 게 있을 수 있다고 판단했다.

닫힌 문을 바라보며, 나는 뒤돌아설 수밖에 없었다. 골목길을 걸으면서 마음이 답답했다. 버스에서 넘어질 때 운전석 가림막 부분에 어깨를 부딪쳤는데, 갑자기 욱신거리며 통증이 느껴졌다. 나는 할 수 없이 발길을 돌렸다. 그런데 사거리 채소 가게 앞에 다다랐을 때쯤이었다.

"윤리온! 윤리온!"

진서노가 나를 불렀다. 뒤를 돌아봤다. 진서노는 숨을 헐떡이며 내 앞에 성큼 다가오더니 말했다.

"정말 내 편이 되어서 날 도와줄 수 있어?"

해리와 함께 보컬 연습실이 있는 빌라 근처를 어슬렁거렸다. 모리를 돕기 위해서였다. 처음에는 샌드위치 가게로 가려고 했는데, 아무래도 거기서 오랫동안 노트북을 열고 있으면 눈치가 보일 듯했다. 나는 핫팩을 여러 개 꺼내 해리에게 건넸다.

"모리 건 없어?"

"자판 두드리는데 핫팩을 쥐고 있을 수 없잖아. 네가 옆에서 잡고 있다가 한 번씩 손에 쥐여 줘."

"리온이, 너 센스있다. 핫팩을 건네주면서 자연스러운 스킨십까지."

긴장된 순간에도 한결같은 해리 때문에 나도 모르게 웃음이 났다.

"시작하자. 그리고 해리 너는 내 옆에서 주변 감시 잘해야 해."

"그럼. 모리를 방해하면 누구든 내가 처단하겠어."

해리 덕분에 긴장이 누그러졌다. 우리는 서로 얼굴 한 번씩 쳐다보고는 빌라로 들어갔다. 누가 나올까 봐 심장이 두근거렸다. 아무리 서로 교류하지 않더라도, 빌라는 오가는 사람들은 우리가 여기 사는 사람이 아니라는 걸 알 테니까.

그런데 문제가 또 있었다. 오래된 빌라라서 엘리베이터가 없었다. 우리는 들키지 않고 5층까지 계단으로 올라가야 했다. 천장을 봤다. CCTV도 있었다. 그러나 고민할 여유가 없었다. 1시간 정도 후면 보컬 트레이너가 올 테니까. 숨을 죽이고 계단을 올랐다.

3층쯤 가니까 문이 확 열리면서 아주머니 한 분이 나왔다. 우리는 모른 척하고 계단을 올라갔다. 마치 5층을 방문하는 사람처럼. 아주머니 시선이 자꾸 뒷덜미를 잡는 기분이었다. 귀를 아래층으로 쫑긋 세웠다. 아주머니가 내려가는 발소리가 들렸다. 안도의 한숨이 저절로 나왔다. 모리와 해리도 긴장했는지, 순간 나를 봤다. 우리 셋은 눈이 마주쳤다. 서로 눈짓을 하며 빌라 옥상으로 올라갔다.

쾅. 문이 열리는 소리가 조금은 시끄러웠다. 잠겨 있지는 않았을까 걱정했지만, 다행히 문이 열렸다. 우리 셋은 자리를 잡았다. 바닥에 앉으면 밖에서 보이지 않을 거 같았다. 나는 그래도 고개를 빼꼼하게 올려 동네를 내려다봤다. 5층 빌라지만 지대가 높아서인지 동네가 내려다보였다.

"시작할게."

모리는 쪼그리고 앉아 노트북을 꺼냈다. 나는 긴장했다. 정말 시작이었다.

며칠 전 나는 모리에게 해킹을 할 수 없는지를 물었다. 인터넷을 찾다 보니 어떤 커뮤니티에서 누가 사기꾼 아이피를 찾아 해킹한 다음, 악성 파일을 그 서버에 심어서 영상과 주소록을 모두 삭제했다는 글을 봤기 때문이다.

"보통 이런 사기꾼들은 자체 서버에 데이터를 저장하지만 보안 시스템이 갖추어 있지 않아서 시스템이 상당히 취약하긴 해. 그런데 사기꾼들도 이런 취약점을 보완하려고 영상과 주소록을 2차, 3차 백업을 해 두거든. 해킹에 성공해도 다른 곳에 사본이 남아 있으면 소용이 없어. 경찰이 아닌 우리가 해킹하는 건 불법이고. 내가 아무리 정의를 위한다고 하지만 난 사이버 수사관이 아니잖아. 불법을 저지를 수 없어."

모리는 부정적으로 대답했지만 자기가 화이트 해커 동아리에 들어가서 공부하고 있다면서, 방법을 찾아보겠다고 했다. 나는 모리를 믿었다. 내 누명을 벗겨 줬고 학교에서 아이들의 여론을 바꿔 준 장본인이었다. 내 부탁이 무리라는 걸 누구보다 내가 잘 알았다. 하지만 모리에게 해킹을 부탁했던 건 진서노의 말 때문이었다.

"형을 신고하지 말고 그냥 노트북에 있는 것만 삭제해 줄 수 있어? 어렵겠지? 그러면 형도 더는 내게 협박할 게 없어서 예전으로 돌아올 거 같은데."

보컬 트레이너를 마음에서 여전히 놓지 못하는 진서노를 설득하려다가 그만뒀다. 진서노가 지금까지 어떤 삶을 살았는지 내가 알 수 없으니까. 진서노가 세상 밖으로 나오게 하는 것만이 내 몫이라고 여겼다. 옆을 보니 해리가 모리 옆에 바짝 붙어서 핫팩을 손에 쥐고 흔들고 있었다. 모리는 가방에서 안테나가 달린 USB 메모리처럼 생긴 물건을 꺼냈다.

"그게 뭐야?"

"무선 랜 카드야. 이게 무선 네트워크를 연결해 주거든. 보컬 연습실에 있는 와이파이 비밀번호를 알아낸 후에 보컬 트레이너의 노트북으로 들어갈 거야."

설명을 듣고도 정확히 무슨 뜻인지는 알 수 없었다. 나는 모리 옆으로 가서 화면을 봤다. 검은색 화면에 뜻 모를 영어 단어가 빼곡히 적혀 있었다. 모리가 명령어를 넣자, 화면이 빠르게 움직였다. 모리가 이번에는 무선 랜 카드를 노트북에 꽂더니 다시 명령어를 넣었다. 현준이에게서 전화가 온 건 그때였다.

"다 온 거 같은데, 어디야?"

"잠깐만."

나는 다시 자리에서 일어나 아래를 내려다봤다. 샌드위치 가게 근처에서 현준이와 수석이가 헤매고 있었다. 어차피 두 사람은 올라올 필요가 없었다. 잘못해서 아까 우리를 봤던 3층 아주머니가 그 애들까지 보면 이상하게 여길지도 몰랐다. 보컬 트레이너가 연습실로 오는지도 확인해야 했다.

"내가 내려갈게. 거기 있어."

나는 전화를 끊고 모리와 해리를 보며 말했다.

"내려가서 망을 보고 있을 테니까 단톡에 상황을 설명해 줘."

"해리가 도와줄 테니 걱정하지 마."

모리의 말을 듣고 나는 고개를 끄덕이며 다시 문을 열었다. 쾅 하는 소리가 또 들렸다. 괜히 심장이 덜컹거렸다. 나는 조심 스럽게 아래층으로 내려갔다. 4층 계단에 서서 발소리를 들었다. 아무 소리도 들리지 않았다. 조심스럽게 걸어 내려왔는데, 하필 빌라 입구에서 아주머니를 딱 마주쳤다. 나는 아무 일도 아닌 것 처럼 딴청을 피우며 밖으로 나가 샌드위치 가게 근처로 갔다.

"샌드위치라도 먹을래?"

"우리의 임무는 망보기잖아. 적을 물리치려면 잘 봐야 해."

수석이의 대답에 나는 웃음이 났다. 생각해 보면 늘 유쾌한 수석이는 사람을 편안하게 해 줬다.

> 와이파이 비밀번호를 조합하는 중이래. 금방 끝날 거 같아.

해리가 모리의 말을 전했다. 우리는 동시에 핸드폰을 보면서 고개를 끄덕였다.

> 그거까지 하면 끝이야?

> 보컬 트레이너가 아직 노트북을 켜지 않았대. 전원이 들어오면 원격으로 컴퓨터 정보를 볼 수 있는 스니핑을 할 거라고 하는데.

나는 스니핑이라는 단어를 얼른 검색해 봤다. 송신자와 수신자의 네트워크 패킷을 도청하는 행위라는 설명이 떴지만 역시 무슨 말인지 알 수 없었다.

그런 다음?

모리가 원격으로 보컬 트레이너 노트북에 침투한 다음 랜섬웨어를 실행하고 나오면 끝이래.

나는 고개를 들어 옥상을 봤다. 해리가 고개만 내밀고 우리를 보고 있었다. 해리가 엄지와 검지로 동그랗게 원을 만들어 보였다. 다행이다 싶었다. 일이 술술 풀렸다. 물론 모리가 하는 지금 일도 해서는 안 되는 일이었다. 그러나 직접 해킹하지 않고 악성 파일을 심는 거니까…. 나는 애써 합리화했다.

"엄마, 쫌!"

갑자기 찢어지는 여자의 목소리가 들렸다. 얼른 시선을 돌렸다. 보컬 연습실 빌라에서 모녀가 나오고 있었다. 딸은 엄마의 팔을 잡으며 아픈데 왜 일을 나가냐며 씩씩대며 소리를 질렀다. 웃음이 살짝 났다. 엄마는 표정 변화가 없었다. 딸이 그러는 걸 오히려 즐기는 듯 보였다. 엄마는 자기 팔을 잡은 딸의 손을 떼어 내고는 길을 나섰다. 결국 딸은 엄마를 끝까지 잡지 못하고 뒷모습을 보며 애꿎은 바닥만 쿵쿵 두드리고는 뒤돌아서서 빌라로 들어갔다. 계단 창문이 유리로 된 까닭에 몇 층에 들어가는지 보였다. 2층이었다.

괜한 안도감을 느끼며 나는 단톡방을 들여다봤다. 점점 마음이 타들어 갔다. 오늘 보컬 트레이너가 오지 않을까 봐 조바심이 났다. 심장이 조여들고 있을 진서노가 떠올랐다. 진서노를 만난 날, 뒤돌아서서 가는 나를 붙잡고 진서노는 솔직하게 말했다.

"처음에 페인트그램으로 팬이라면서 메시지를 보내더라. 나도 예의를 차리고 대했어. 대화해 보니 팬심이 얼마나 대단한지 깜짝 놀랐어. 내가 작곡한 노래에 대한 감상평을 일일이 다 주더라고. 그러다 보니 나도 모르게 그 팬하고 이야기하는 게 좋아졌고 언젠가부터 팬과 아티스트가 아니라 이성 관계로 발전했어."

보컬 트레이너는 참 대단했다. 진서노의 외로움에 파고들었으니까. 진서노의 작곡에 대해 그 정도 평을 해 줄 수 있는 사람도 보컬 트레이너밖에 없었다. 마치 자신이 여자인 것처럼 진서노의 마음을 가지고 놀았다. 보컬 트레이너는 진서노에게 작곡 관련 프로그램이라며 어플리케이션 파일을 전송했고, 진서노는 그게 피싱에 사용되는 해킹 프로그램이라고는 꿈에도 생각하지 못했다.

"그 파일을 받고 나서 그 팬이 전보다 적극적으로 행동했어. 나는 좀 더 은밀한 우리만의 대화를 하려는 거라고 생각했어. 정말 내 폰이 해킹당했다고는 꿈에도 생각하지 못했지. 그러니까

내면 아이

팬과의 영상통화에도 주저함이 없었던 거였어. 그런데 그게 피싱이더라."

나는 진서노의 말을 듣고 분노했다. 진서노는 사랑이 그리운 사람이었다. 무너진 가정에서 할머니와 단둘이 살다가 할머니마저 돌아가셨다. 불우한 환경이었지만 뛰어난 재능을 지닌 진서노를 이용해 보컬 트레이너는 돈을 벌려고 했던 모양이었다. 기획사와 계약하려는 진서노를 만류했다는데, 나중에 알고 보니 자기가 직접 기획사를 차려 진서노를 영입하려고 했고, 진서노에게 내 이야기를 듣고는 나까지 이용할 심산이었다. 진서노가 막아서지 않았더라면 나는 윤미의 말처럼 디지털 성범죄 피해자라는 서사로 화려하게 데뷔했을지도 모르는 일이었다.

"왜 그 애는 그 사람에게서 벗어나지 못했대?"

현준이가 물었다.

"연습실도 빌려주고 할머니 장례도 치러 주고, 지금까지 잘 보살펴 줬대. 아직도 그 사람이 나쁜 마음으로 자기를 이용하려 했다는 게 믿기지 않는다더라."

"그럴 수도 있겠네."

현준이의 반응이 의외였다.

"그럴 수 있겠다고?"

"이 세상에 혼자밖에 없잖아. 믿고 싶지 않은 거겠지. 일이 해결되고 나서도 그 사람을 미워하는 건 어려울지도 모르지. 아까

티격태격하던 모녀 봤지? 그건 사랑의 다툼이었지만, 사랑을 충분히 받지 못한 사람은 착취와 학대를 사랑으로 착각할 수도 있을 거야."

우리 엄마가 떠올랐다. 화를 내던 엄마의 얼굴이 눈앞에 어른거렸다. 아까 그 딸의 입장이라면, 나도 화를 냈을 터였다. 며칠 전 엄마가 끙끙 앓으면서도 마감이 코앞이라고 일하던 때도 떠올랐다. 잠이 오면 안 된다며 감기약도 안 먹었다. 그때 나는 엄마에게 짜증을 냈다. 정말 신경질이 났다. 그런데 돌이켜 보면 그건 사실 걱정이고 사랑이었다. 빌라 앞에서 본 딸이 엄마에게 뱉은 그 말은 내가 우리 엄마에게 한 말과 닮았다. 문득 내가 엄마에게 느꼈던 양가감정이 어쩌면 친구들을 향한 마음과 닮았음을 깨달았다. 내 감정이 다시 보였다. 다이어리에 썼던 글자가 북소리처럼 내 마음을 둥둥 두드렸다.

'불안하다'와 '불안해지고 싶다'를 쓴 건, 엄마와 친구들이 내 마음을 들여다봐 주길 바라서였다. 미워하는 것도 아니면서 그동안 친구들을 미워하는 척했다. 그래야 그들에게 까칠하게 굴 수 있을 테고, 그러면 엄마와 친구들이 내가 그날의 상처에 여전히 아파하고 있다는 걸 인지할 테니까. 그러면서도 정작 나는 불안해하며 지냈다. 혹시라도 내 말에 귀를 기울여 주지 않을까 봐 나는 자꾸 친구들의 눈치를 봤다. 내 얘기에 반응이 없으면 불안을 느꼈다.

혼자가 되고 싶지 않지만 혼자가 되고 싶다는 문장에서도 내 마음을 읽었다. 난 혼자라고 느끼면 우울했다. 혼자였을 때 평화롭지 못했다. 나는 지금까지 엄마와 친구들에게 내가 여전히 불안해하는 모습으로 비치기를 바랐다. 그러나 불안감 때문에 혼자 숨고 싶어 하는 마음도 동시에 갖고 있었다. 혼자가 되고 싶으면서도 혼자 있는 걸 주저했던 셈이다.

그리고 이 순간 그 이유를 알았다. 무서웠다. 나는 버려지는 게 두려웠다. 불안해하지 않으면, 절망스럽지 않으면, 더는 나를 쳐다보지 않을 것 같았다. 엄마도 친구들도. 혼자 잘 지내면 친구들이 나를 외면할 듯했다. 미움과 분노를 터트리지 못하는 안쓰러운 모습을 보여 줘야만 나를 지켜 주리라 믿었다. 적어도 방관자로서 미안함이 있다면 나를 돌봐 주려고 할 터였다. 나는 깨달았다. 이 모든 문제는 나에게서 비롯되었다는 걸. 나를 낳아 준 엄마에게 버림받아서 생겨난 공포였다는 것도.

노래를 부르는 게 꿈이라고 말하는 것조차 나에겐 두려움이었다. 난 버려진 아이였고 가장 기본적인 보살핌의 울타리 바깥으로 내쳐진 까닭에, 함부로 울어서도 안 되고 꿈을 꿔서도 안 된다고 내 안의 무의식이 말하고 있었다. 〈K-아이돌스타〉 오디션을 그만둔 데에도 그 영상과 사진 때문에 사람들이 나를 버릴 거라는 두려움이 있었다. 애초부터 싸워 볼 생각도 하지 않은 것이다. 쉽지 않은 일이지만, 엄마의 사랑을 의심치 않았다면, 친구들이 있다는 걸 알았다면, 용기를 내 볼 만도 했다. 누군가는 내 말에 귀 기울여 줬을 텐데…. 눈물이 흘러내렸다. 흐흐흑 하며 엇박자의 숨소리가 크게 났다. 나는 울면서 톡을 다시 확인했다.

"너, 왜 울어?"

"찬바람에 갑자기 재채기가 나와서."

"재채기 안 했잖아."

수석이의 물음에 나는 대답할 말을 찾지 못해 우물쭈물했다. 그러다 얼른 반대편 건물 사이로 숨었다. 내 행동이 이상한지 수석이가 내게 시선을 보냈다. 나는 손가락으로 동산을 올라오는 남자를 가리켰다. 수석이가 고개를 끄덕이며 현준이를 불렀다.

보컬 트레이너가 오고 있어.

수석이가 톡을 올렸다. 대충 인상착의만 말했는데도 수석이가 용케 알아봤다. 나는 보컬 트레이너가 건물 안으로 들어갈 때까지 숨은 채 기다렸다.

"나와도 돼."

현준이의 말을 듣고 나는 두리번거리며 도로로 나와 옥상을 봤다. 팔 하나가 올라왔다. 해리의 검지와 엄지가 동그랗게 말려 있었다. 우리는 빌라를 주시하면서 어슬렁거렸다. 계단으로 보컬 트레이너가 올라가거나 다시 나오는 일은 없었다. 금세 해리가 톡을 올렸다.

모리가 뭘 하고 있는데… 잠깐만.

해리가 갑자기 영상통화를 걸었다. 나는 얼른 헤드폰을 끼고
통화 버튼을 눌렀다.

"궁금할 거 같아서. 직접 보라고."

해리가 모리 옆에 가서 노트북 화면을 보여 줬다. 한숨을 쉬
는 모리가 보였다. 모리가 해리에게 말했다.

"여기서 소리 내면 안 되잖아. 얼른 끊어."

전화가 끊겼다. 톡이 올라왔다. 이번에는 모리였다.

내가 랜섬웨어를 구했거든. 그걸 지금 보컬 트레이너 노트북에
심어 놨어. 노트북에 있는 모든 문서, 사진, 영상 파일을 잠가
버렸어. 이거 살리려면 암호가 있어야 하는데 세상의 어떤
암호학자도 풀지 못한 강력한 알고리즘으로 만들어진 거라서
죽었다 깨어나도 못 풀 거야. 유포해 봤자 잠긴 파일로는
누구도 영상을 볼 수 없어.

짝짝짝! 해리의 박수 소리가 여기까지 들렸다. 끝이 난 모양
이었다. 현준이와 수석이도 빌라 앞으로 갔다. 금세 모리와 해리
가 나왔다. 나는 모리에게 다가서며 물었다.

"그 사람이 진서노의 아이디와 비밀번호를 아니까, 페인트그램에 올릴 수도 있잖아. 핸드폰에 담아 둔 영상으로 말이야."

"페인트그램에서 직접 유포가 되면 AI가 영상을 마스킹 처리해서 팔로워들이 보지 못하도록 하니까 걱정하지 않아도 돼. 그리고 주로 특정 웹 주소를 유포하기도 하는데, 한국인들은 모르는 사람이 보낸 웹 주소를 메시지로 받으면 대개 무시하니까 문제가 되지 않을 거야."

모리의 단호한 설명에 안심했다. 하지만 이것만으로 끝이 아니었다. 보컬 트레이너를 신고하도록 진서노를 설득해야만 했다. 가장 어려운 일이었다. 현준이의 말대로라면 진서노는 내 말을 듣지 않겠지만. 그래도 해야만 했다. 직접 해야만 심판이 되는 거니까. 진서노의 마음을 치유하기 위해서도 꼭 필요한 일이었다.

"그만 가자."

수석이의 말에 우리는 움직였다. 그때였다.

"거기 학생들."

빌라 입구에서 3층에서 봤던 아주머니가 우리를 불러 세웠다. 수석이가 물었다.

"왜요?"

"너희 아무래도 수상해. 잠시만."

멀리서 경찰차가 다가왔다. 머리카락이 쭈뼛 섰다. 금방 경찰

차가 우리 앞에 멈추더니 경찰관들이 내렸다.

"아주머니가 처음 보는 학생들이 빌라 옥상에서 수상한 일을 벌이는 거 같다고 신고하셨어."

이 빌라의 계단 벽면에 유리창이 있다는 걸, 그제야 인지했다. 우리가 옥상으로 올라간 걸 3층 아주머니가 본 것이다. 그것도 모자라 빌라 앞에서 어슬렁거리고 있었으니, 수상하게 여길 만했다.

*

지구대 내부는 그리 크지 않았다. 경찰들도 몇 명 없었다. 그러나 지구대라는 단어만으로 몸이 움츠러들었다. 나는 고개를 반쯤 숙인 채 친구들의 눈치를 봤다. 나 때문에 지구대에 온 거니까. 부모님이 아시면 놀랄 일이었다. 입술을 깨물었다. 우리가 한 일이 들통나는 것도 시간문제였다. 이미 모리의 노트북은 압수당했다.

"혹시 너희 해킹했니?"

"김상현 형사님 오시면 대답할게요."

모리가 대답했다. 모리의 목소리는 담담했다. 떨림이 없었다. 아무래도 디지털 장의사를 하면서 경찰서를 드나들었던 경험 때문인 듯했다. 모리는 그때 문제는 없었지만, 자칫하면 불법 영상 유포에 연루될 수 있으니 그만하라는 경고를 받았다고 했다. 그

건 내가 도움을 요청했을 때, 모리가 거절했던 이유이기도 했다. 김상현 형사도 그 사건을 계기로 알게 됐다고 들었다. 이후에 내 영상 유포를 막는 일에도 그분의 도움을 받았다고 모리가 말해 줬다. 하지만 나는 고개를 갸웃했다. 아무리 형사와 개인적으로 아는 사이라고 해도 분명 우리는 불법을 저질렀다. 도움을 받기는 글렀다.

"김상현 형사가 오더라도 별수가 없겠는걸. 내가 컴퓨터를 좀 알거든. 그런데 여기 보니 해킹했네. 이건 무선 랜 카드고."

모리가 노트북에 꽂았던 물건이었다. 안테나 같은 게 달려 있던 하얀 물건을 가리키며 경찰이 말했다. 결국 모두 다 밝혀지겠구나, 하는 생각에 목이 멨다. 진서노의 편이 되어 주려다가 친구들을 구렁텅이에 빠뜨렸다는 미안함에 눈시울이 뜨거워졌다.

"맞아요."

모리가 너무 쉽게 수긍하는 바람에 나는 놀라서 모리에게로 고개를 돌렸다. 모리는 아랑곳 않고 당당하게 이어서 말했다.

"거기 잘 보시면 제가 침입한 아이피 주소도 나올 거예요. 그 사람에게 우리가 랜섬웨어 깔았다고 말해 주세요. 신고하라고도 전해 주시고요."

모리는 오히려 구체적으로 진술했다. 우리 네 사람은 뜨악한 표정으로 모리를 쳐다봤다.

"걱정하지 마라. 벌써 사이버 수사대에 의뢰해서 피해자에게 알렸으니까. 그 사람이 여기로 올 거다."

경찰의 말에 나는 모리에게 눈짓을 보냈다. 모리가 핸드폰 자판을 두드렸다. 우리는 모두 핸드폰을 꺼내고 단톡방에 모였다.

> 보컬 트레이너는 우리를 신고하지 못할 거야. 내가 경찰 앞에서 랜섬웨어 암호를 풀면 진서노 영상이 나올 테니까.

안도의 한숨이 나왔다. 해리도 숨을 크게 내쉬었다. 수석이는 의자에 등을 기대고 다리를 앞으로 쭉 뻗었다. 긴장이 풀린 듯했다. 현준이는 다리를 꼬고 핸드폰으로 무언가를 보고 있었다. 다행이라는 말을 속으로 얼마나 되뇌었는지 모른다. 정말 다행이었다. 모리가 여기까지 생각한 게 신기하기도 했다. 그동안 화이트 해커 동아리에서 공부했다고 하더니, 범죄자의 동선까지 꿰뚫은 듯한 느낌이 들었다.

"허 참. 너희 뭐냐?"

험악한 소리에 고개를 들어 봤다. 보컬 트레이너였다.

"진서노 친구요."

"뭐?"

보컬 트레이너가 내 앞으로 바짝 다가왔다. 한 대 때릴 듯한 표정을 지었지만, 경찰 앞이라 눈만 부라렸다.

"신고하세요."

모리의 말을 믿고 나는 대차게 말했다. 내 뒤엔 네 명의 친구가 있고 눈앞에 경찰이 있었다. 무서워할 이유가 없었다.

"미친…."

보컬 트레이너는 경찰을 의식했는지 뒷말은 하지 않았다. 그때 경찰이 보컬 트레이너를 불러 말했다.

"피해가 있으실 텐데, 신고하시면 됩니다. 이 친구들 촉법소년도 아니어서 처벌할 수 있고요. 어떤 피해를 입었는지 구체적으로 진술해 주세요."

보컬 트레이너가 고개를 돌려 우리를 한 번 훑어봤다. 나는 두렵지 않았다. 보컬 트레이너의 눈을 피하지 않았다. 옆에 친구들이 있는 게 이렇게 든든할 줄 몰랐다. 보컬 트레이너가 경찰에게 시선을 돌렸다.

"노트북 포맷 한 번 하면 될 일입니다. 어린 학생들이잖아요. 이번만은 그냥 넘어가겠습니다."

"괜찮으시겠습니까?"

"괜찮지는 않습니다만, 어쩌겠습니까?"

경찰은 보컬 트레이너의 말을 듣더니 종이 한 장을 내밀었다.

"문제 삼지 않겠다는 동의서입니다. 서명해 주시면 끝이 납니다."

보컬 트레이너는 볼펜을 들어 서명했다. 그러고는 자리에서 일어나서 다시 우리 앞으로 걸어왔다.

내면 아이

"끝이 아니다."

보컬 트레이너가 나직하게 말했다. 그런데 그때 진짜 영화처럼 한 남자가 들어왔다. 모리가 벌떡 일어나 "형사님!" 하며 인사했다. 나도 기억이 언뜻 났다. 김상현 형사였다.

"뭔 일이야?"

보컬 트레이너의 표정에 당혹감이 내려앉았다. 그리고 우리에게서 시선을 떼더니 얼른 지구대에서 나가 버렸다. 김상현 형사에게 모리가 다가갔다. 무언가 대화를 나누는 모양이었다. 그러더니 김상현 형사는 심각한 표정으로 다른 경찰과 대화를 나누었다. 나는 안도감이 들었지만, 문제는 그다음이었다.

"윤리온!"

이번에는 엄마였다. 역시 프리랜서 엄마는 그다지 좋은 것 같지 않았다. 우리 보호자 중에 가장 빨리 여기로 올 수 있는 사람이 엄마였다.

"엄마 놀라 자빠져야 정신 차릴 거야? 내가 그만하랬지!"

엄마가 내 등짝을 손바닥으로 후려쳤다. 패딩을 입은 터라 아프지 않았다. 둔탁한 소리만 났다. 나는 미소를 지으며 엄마에게 말했다.

"다 끝났어."

"어휴. 넌 엄마 괴롭히는 게 재밌어?"

"그런가 봐."

"뭐?"

어이없는 엄마의 표정을 보자 웃음만 났다. 그사이 김상현 형사는 우리 쪽으로 다가와 엄마와 인사를 했다. 두 사람 사이에 어색함이 흘렀다.

"별문제 없을 거 같습니다. 상대방이 고소하지 않겠다며 그냥 갔다고 하네요. 경찰 신고 문제는 제가 수습할 테니 아이들을 데리고 가셔도 됩니다."

"감사합니다."

엄마가 김상현 형사에게 다시 인사했다. 김상현 형사가 나를 한 번 쓱 보더니, 미묘한 표정을 지었다. 그 뜻을 알지는 못하겠지만 짐작하건대 내가 잘 지내고 있는 모습을 보면서 다행이라고 생각하지 않았을까.

*

2월의 끝자락의 겨울바람은 여전히 매서웠다. 이번 겨울 동안 내 마음도 얼었다가 풀리기를 여러 번 반복했다. 특히 진서노의 일에는 분노하다가도 다행이라고 말한 적이 한두 번이 아니었다.

나중에 알고 보니 진서노의 영상은 이미 여러 곳에 퍼져 있었다. 다행이라면 퍼진 영상을 금방 지울 수 있었다는 거다. 원본 영상은 랜섬웨어로 암호화한 까닭에 쓸 수도 없었다.

솔직히 나는 아직도 진서노를 다 이해하기가 어려웠다. 하지만 진서노는 내 도움을 정말로 고마워했다. 어쩌면 형을 잃지 않을 거 같다며 안도하기도 했다. 한 번 더 설득해 볼까도 했지만 그만뒀다. 진서노의 몫이었다. 어쨌든 더는 진서노를 걱정하지 않아도 되었다. 기획사와의 계약도 아직 깨진 건 아니라고 들었다. 진서노는 기획사에 들어가서 제대로 시작해 보겠다고 했다. 나는 진서노의 의견을 존중하기로 했다.

"다녀오겠습니다."

나는 씩씩한 목소리로 말하고는 문을 열고 밖으로 나왔다. 지난번에 봉사활동 갈 때 영화 보기로 한 약속을 지금에야 지키게 됐다. 모리 옆자리는 당연히 해리가 차지했다. 컴컴한 영화관에 혼자 앉아 있기 어려웠는데, 친구들이 같이 봐 주니 보고 싶은 영화를 볼 수 있어서 좋았다. 언젠가는 다시 혼자 갈 수 있겠지. 그날이 오리라 믿는다.

나는 좀 더 빠르게 걸었다. 내가 영화비를 내기로 했기 때문이다. 나를 도와준 친구들에게 마음을 표시할 방법이었다. 나로 돌아오기 위한 첫걸음과 같았다.

"곧 도착할 버스는 111번 버스입니다."

버스 정류장 앞에 섰다. 그러다가 시선을 지하철역으로 돌렸다. 나도 모르게 횡단보도를 건넜다. 금요일 저녁 퇴근 시간이라서 사람들이 붐빌 터였다. 그래도 지하철 계단을 내려가 카드를 찍었다. 지하철 소리가 들렸다. 불안이 올라왔다. 나는 헤드폰을 끼고 줄을 섰다. 이를 악물었다.

요양원 경로잔치 날 그렇게 내가 사라지자, 정동원 할머니가 개인적으로 나를 찾았다. 요양원으로 찾아가 할머니를 만났다. 할머니는 그날 일을 꼬치꼬치 묻지 않았다. 주머니에 있던 알사탕을 쥐여 주는 게 끝이었다. 그리고 말했다.

"조약돌이 왜 매끈한 줄 아니? 자기들끼리 부딪히고 파도에 휩쓸려 이리저리 움직이다가 깨져서 그렇게 된 거야. 원래부터 둥글고 매끈한 건 없어. 상처도 그래. 옷에 스치고 물이 스며 아프다고 밴드로 붙이면 잘 낫지 않아. 드러내서 햇빛에 상처를 소독해야 빨리 나을 수 있지. 처음에만 신경 쓰이고, 나중에는 잊어버려. 그러다 보면 어느새 자국만 남게 되는 거란다."

이야기를 들을 때는 뜻을 이해하지 못했지만, 그 말이 점점 마음에 새겨졌다. 조약돌처럼 세상이라는 바다에 부딪히고 깨지는 게 사람이구나. 여전히 불안하지만, 마음의 힘이 생겼다. 친구들과 함께 보컬 트레이너의 노트북을 먹통으로 만든 날, 내가 본 내면 아이는 더는 피에로가 아니었다.

게다가 나는 세로토닌을 만들지 못해 영원히 약에 의존할까봐 두려워하지 않아도 된다. 그날 나는 행복했다. 같이 누군가를 지켜 낸 게 기뻤다. 그리고 그날 알았다. 행복의 호르몬 세로토닌은 나를 사랑하는 사람의 마음을 알기만 하면 나오는 거였다. 그걸 몰라서 지금까지 분비되지 않았던 모양이다.

철커덩. 지하철 문이 열렸다. 나는 사람들을 따라 열차 안으로 들어갔다. 철커덩. 이번에는 문 닫는 소리였다. 지하철이 움직였다.

불안한 호흡을 천천히 가다듬으며, 나는 가만히 서 있었다.

《나를 지워줘》 출간 후 리온이가 어떻게 지내는지 궁금하다는 독자 리뷰를 봤다. 그때 나는 리온이의 이야기를 써야겠다고 생각했다. 그렇지 않아도 리온이가 피해자라는 틀에서 벗어나 일상을 살아가는 청소년으로 돌아가게 하고 싶었다.

그러나 그 과정은 만만치 않았다. 리온이의 마음을 깊게 파고들어야 했기 때문이다. 피해자니까 힘들겠지, 죽고 싶겠지, 이런 피상적 이해로는 부족했다. 피해자로서 마음이 어떤지뿐 아니라 리온이가 주변 사람과의 관계에서 어떤 상처를 받았을지, 세상을 향한 리온이의 시선은 어떻게 바뀌었을지 모두 알아야 했다.

먼저 '청소년으로서 리온이의 마음 이해하기'와 '리온이 스스로 자기 마음을 치유할 수 있게 된 계기'에 대해 고민하고 방법을 찾았다. 그러기 위해 상담사를 직접 만나 이야기를 나누기도 했다. 그 대화는 내게 많은 생각거리를 줬다. 특히 내가 리온이가 되어 상담받을 때는 눈물이 터졌다. 상담하기 전까지는 리온이가 그저 내 작품의 캐릭터라고만 여겼는데 그게 아니었다. 상담을 받는 내내 답답함과 절망감이 나를 짓눌렀다.

리온이가 자기를 극복하는 과정 역시 많은 고민이 필요했다. 처음에는 상담을 통해 일상으로 돌아가게 하려고 했다. 나는 사이코드라마에 참여하며 과정을 익히고 분위기도 느꼈다. 사이코 드라마에 참여하는 다른 사람들의 사연을 들으면서 리온이의 극복 과정을 설계했다. 초고에서는 이 부분을 꽤 많이 썼다. 하지만 수정하며 들어낼 수밖에 없었다. 사이코드라마로 마음을 치유할 수는 있겠지만, 결국 온전히 세상으로 나오는 건 자기 의지여야 만 했기 때문이다. 피해자라는 꼬리표를 벗어던지고 본모습 그대로 친구들과 어울리는 건 리온이 스스로 해내야만 하는 일이기도 했다. 리온이가 극복하는 과정을 그려 나가는 작업이 힘들면서도 즐거웠고 작가로서 성장하는 기분도 들었다.

그래도 진서노의 이야기를 더 비중 있게 다루지 못했다는 점은 아쉬움으로 남아 있다. 디지털 성범죄의 한 종류인 몸캠피싱 (성착취 영상통화 범죄)은 보통 핸드폰에 저장된 지인들에게 먼저 유포되는 특징이 있다. 그래서 몸캠피싱의 피해자는 사회생활과 인간관계 모두 무너지고 만다. 진서노가 숨어들 수밖에 없었던 것도 이런 특징에 기인했다.

그러나 리온이의 일상 회복이 더 중요한 주제였기에, 나는 진서노의 몸캠피싱 사건을 전면에 배치하는 대신 이 사건을 통해 진서노와 리온이 모두 구원되기를 바라는 마음으로 이야기를 끌고 나갔다.

어쨌든 이제 리온이의 서사는 끝이 났다. 그러나 나는 여전히 디지털 성범죄 피해자들이 무사히 일상으로 돌아오기를 기도하고 있다. 이 소설의 진짜 해피엔딩은 그들이 예전 모습으로 돌아오는 거다.

마지막으로, 기술 자문을 해 주신 조사부 님과 리온이의 마음을 상담해 주신 원성원 님께 감사 인사드린다.

이담

작가의 말

도넛문고
11

다른 인스타그램

뉴스레터 구독

최애를 구하라

초판 1쇄   2024년 11월 17일

지은이   이담

펴낸이   김한청
기획편집   원경은 차언조 양선화 양희우 유자영
마케팅   정원식 이진범
디자인   이성아 김현주
운영   설채린

펴낸곳 도서출판 다른
출판등록 2004년 9월 2일 제2013-000194호
주소 서울시 마포구 동교로27길 3-10 희경빌딩 4층
전화 02-3143-6478   **팩스** 02-3143-6479   **이메일** khc15968@hanmail.net
블로그 blog.naver.com/darun_pub   **인스타그램** @darunpublishers

ISBN 979-11-5633-652-5 44810
    979-11-5633-449-1 (SET)

다른 생각이
다른 세상을 만듭니다